Oh, wie klein ist Liechtenstein

Oh, wie klein ist Liechtenstein

Erzählungen

---

300 Jahre Oberland

Bibliografische Information der
Deutschen Nationalbibliothek:

Die Deutsche Nationalbibliothek verzeichnet diese Publikation in der Deutschen Nationalbibliografie; detaillierte bibliografische Daten sind im Internet über www.dnb.de abrufbar.

© 2012

Hrsg.: Armin Öhri

Herstellung und Verlag: BoD – Books on Demand

Quelle Coverfoto: Presse- und Informationsamt, Vaduz

ISBN 978-3-8482-2779-2

Inhalt

Vorwort des Herausgebers

Wenige Tage vor den Sommerferien 2011 wurde ich von meinem ehemaligen Deutschlehrer Lorenz Jehle angefragt, ob ich nicht Lust hätte, am Liechtensteinischen Gymnasium ein Literaturprojekt zu betreuen. Der stoffliche Rahmen dazu sollte der Übergang der Herrschaft über die Grafschaft Vaduz an das Fürstenhaus Liechtenstein im Jahr 1712 bilden.

Ich willigte gern ein und schlug vor, die 300 Jahre Liechtensteiner Oberland in Form einer Anthologie zu feiern, deren Erzählungen unterschiedliche Motive der Liechtensteiner Geschichte aufgreifen sollten. Die Klasse 6Wa des Schuljahres 2011/ 2012 (sowie eine Schülerin und ein Schüler einer Sonderwoche) nahmen die Jubiläums-Festivitäten zum Anlass, sich literarisch mit ihrem Land, ihrer Herkunft, kurz: mit ihrer Identität als Einwohnerinnen und Einwohner Liechtensteins zu beschäftigen.

Der vorliegende Erzählband ist das Ergebnis dieses Schaffens.

Herausgekommen ist eine Sammlung von teils historischen, teils historisierenden Geschichten, in denen – typisch für das Genre – berühmte Personen der Zeitgeschichte auftreten und die Welt von anno dazumal heraufbeschworen wird. Einige der hier verlegten Werke liegen nah an den Fakten, andere nehmen sich die literarische Freiheit, die Fiktion eines »erdachten« Liechtensteins zu kreieren.

Kim Sele folgt den Spuren eines Liechtensteiner Soldaten, der 1866 in den Krieg ziehen musste und als Held heimkommt, ohne je einen Schuss abgefeuert zu haben; Severin Kranz nähert sich auf ironische Weise der Einführung des Frauenstimmrechts 1984.

In Keron Büchels Beitrag erleben wir die Notlandung der ›Little Ambassador‹ auf dem Rhein 1945, während Anja Gassner einen Blick zurück auf die Belagerung der Burg Gutenberg während des Schwabenkrieges 1499 wagt.

Gary Kaufmann hingegen modernisiert die Sage der Guschger Sennpuppe und lässt seine Variante nicht minder blutrünstig enden. In die dunklen Zeiten der Hexenverfolgung versetzt uns Fabian Kleeberger, und Sebastian Schredt wirft einen optimistischen Blick in die Zukunft, indem er den Medaillengewinn eines FL-Athleten an den Olympischen Sommerspielen heraufbeschwört.

Isabelle Kirschbaumer beschreibt die Aufregung eines kleinen Mädchens beim Staatsfeiertag, Rebecca Kranz lässt einen kleinen Jungen der Goldenen Boos auf die Schliche kommen, jener berüchtigten Vagantin, die als Letzte im Land hingerichtet wurde. Dem aus Afrika stammenden Prinzenerzieher des späteren Fürsten Alois widmet sich Dominic Kamper, wobei er das traurige Schicksal des nach dem Tod ausgestopften Angelo Soliman ins Blickfeld rückt.

Susanne Quaderer nimmt sich des Themas Migration an und beleuchtet das Schicksal einer Einwandererfamilie, die in den 1960er-Jahren von den USA nach Liechtenstein gelangt. In Niklas Nickolays Erzählung erleben wir hautnah die Rheinnot 1927, und Christian Marxer nutzt das literarische Mittel der Verfremdung, wenn er zwei bekannte Liechtensteiner im März 1939 einen weit bekannteren Deutschen besuchen lässt.

Die Liste schließen Sophia Jehle und Samuel Schurte ab, die uns erklären, warum den Balznern noch heute nachgesagt werde, langsam zu sein.

Einige dieser jungen Autorinnen und Autoren wählten sogar Dialektformen, was den Herausgeber vor ungeahnte Probleme stellte. Da jedes Dorf in Liechtenstein seine ganz eigene Lautsprache hat, musste zugunsten der Lesefreundlichkeit auf eine philologisch korrekte Herangehensweise bei der Niederschrift verzichtet werden.

All diesen Werken ist etwas gemeinsam: Sie sind Zeugnis für das Bestreben der liechtensteinischen Jugend, ihren Blick auf die Geschichte zu schärfen

und sich auf die staatlichen Grundwerte zu besin-
nen. Darüber hinaus sind sie aber vor allem eines:
äußerst unterhaltsame Lektüre.

Oktober 2012
Armin Öhri

Kim Sele

S' Kriagsbüachle

I Sau-Tubel, hei nochamol, so 'n Seich ka jo oh no miar passiera! Wema öberlet, denkt ma, wia dumm kamma si! Da ich eine große Dummheit begangen habe, ist in mir der Wunsch aufgekommen, meine Gefühle und Gedanken in einem kleinen *»Büachle«* festzuhalten. Im Falle meines Todes wäre somit noch etwas von mir da, woran sich die Leute erinnern könnten, oder sie finden etwas interessant, was ich erlebt habe. Oder was auch immer ... Aber ich sollte mal anfangen. Oh, jetzt kommt mir in den Sinn, dass der, welcher dieses Buch liest, noch gar nicht weiß, um wen es sich bei mir handelt: Mein Name ist Fritz. Ich wurde am 23. August 1847 geboren und bin der Sohn der Hannelore und des Herbert Beck. Außer mir haben sie noch neun weitere *Gofa*; nämlich drei Söhne und sechs Töchter. Ich bin das drittjüngste Kind, jedoch der jüngste Knabe. Aber genug der einleitenden Worte. Jetzt beginnt meine Geschichte.

Dezember 1865

Gestern Abend traf ich mich mit Freunden in einem Wirtshaus. Der Abend fing gut an, doch nach einiger Zeit hatten wir ein bisschen zu viel intus und mein Freund Ferdinand und ich ließen uns mitreißen, beim Glücksspiel mitzumachen. Man muss nämlich wissen: In Liechtenstein werden wehrfähige Männer durch Losen ausgewählt. Dabei kann man darum spielen, vom Wehrdienst freizukommen oder Soldat zu werden. *Und mir huara Hornochsa hen metgmacht, und wiama sich denka ka, hen dr Kolleg und i verlora und mön ez is Militär! Jesses Maraia, nu scho, wenni dra denk, grauets mer. Echt he, wia ka ma nu uf d' Idee ko, um so öpis z' spela und denn ohno metzmacha! Hei, i bi doch gad erst 18i wora und ez sterbi vermuatlich no im Kriag, usgrechnet i, wo dr Kriag ned wörklich befürwort! Jano, i ha mer das ibrockt, i muass das usbada.* Die Soldaten, die mit uns gespielt und gewürfelt haben, erzählten uns, dass wir zwischen zehn und 20 Mann sein werden und dass wir eine Ausbildung absolvieren müssen, die zwei bis drei Monate dauert. Danach werden Übungen in der Kompanie folgen. Ich versuche die nächste Zeit mit meiner Familie zu genießen, bevor ich ihnen beichten werde, was Ferdinand und ich getan haben.

15. Januar 1866

Weihnachten, Silvester, Neujahr – alles ist bereits vorbei, doch leider habe ich meinen Wehrdienst noch vor mir. Wissen tut es immer noch niemand von meiner Familie, und ich glaube, Ferdinand hat es seiner Familie auch noch nicht gestanden. Da es in zwei Tagen schon soweit ist, denke ich, dass ich es morgen meiner Mutter und meinem Vater beichten sollte. Außerdem habe ich mich ein wenig umgehört, um ein paar Informationen zu erhalten. Vernommen habe ich, dass Teile des Schlosses Vaduz als militärische Gebäudeanlage dienen; ich glaube, sie nennen das Kaserne. Man sagte mir, dass ein Offizier und unter ihm ein Feldwebel meine Ausbildung leiten werden.

16. Januar 1866

Ich habe mich heute dazu überwunden, es meiner Frau Mutter und meinem Herrn Vater zu beichten. Mama hat am Anfang gelacht, da sie dachte, ich scherze, doch als sie sah, dass es mir ernst damit war, fing sie an zu weinen. Mein Vater hingegen betrachtete mich lange, und dann fing ich mir eine Ohrfeige ein. *Mini Backa brennt ez no und i glob, ma siaht sini ganz Hand i mim Gsecht!* Papa meinte, dass es eine Dummheit von mir und Ferdinand war, doch da wir alt genug seien, müssten wir jetzt halt dazu stehen, was wir gemacht hätten. Zudem wäre es ja eigentlich eine Ehre, fürs Vaterland in den Krieg zu ziehen, obwohl es natürlich traurig sei, dass es so einen Jungspund wie mich treffe. *Buab, du hesch dr d' Soppa ibrockt, du bisch der, wo sie uslöffla muass! Aber d' Hannelore und i wören för di beta, dr Vater im Himmel söll di schütza und di üs heil zrockbringa!* Als sich meine Mutter etwas beruhigt hatte, sagte sie mir unter Tränen, dass sie mich vermissen werde und hoffe, dass mir nichts passiere. Vater ergänzte, dass ich es heute noch genießen solle, denn morgen würde es losgehen mit dem Ernst des Lebens. Den Geschwistern würde er dies alles während meiner Ausbildungszeit erklären.

17. Januar 1866

Heute war mein erster Tag im Wehrdienst. *Jesses, so agschraua und umakommandiert bini i minera Lebtig no nia wora!* Hoffentlich geht es so nicht die ganzen Monate, sonst bekomme ich noch einen Hörschaden. Der Offizier meinte zu mir, dass ich körperlich sehr tüchtig sei und deshalb beste Voraussetzungen für das Militär mitbringe. Unsere Truppe ist folgendermaßen aufgebaut: Wir haben einen Offizier und sind 80 Mann. Wir werden nicht auf den infanteristischen Angriff ausgebildet, sondern auf die Schießausbildung und die Geländeausnutzung. Wir werden, wie uns der Offizier erklärt hat, mit Hohenzollern-Hechingen, Hohenzollern-Sigmaringen und drei weiteren Infanteriekompanien zu einer taktischen Einheit zusammengefasst. Dies wird angeblich Bataillon genannt, wenn ich das richtig verstanden habe. Zudem hat er verraten, dass wir nicht alle genau gleich aussehen werden, sondern dass sich unsere Uniformen ein wenig voneinander unterscheiden. Die Liechtensteiner Uniformen haben dunkelblaue Kollette mit roten Kragen und Aufschlägen. Unsere Patten an den Ärmelaufschlägen sind grün. Und unser Lederzeug ist schwarz. Für den Kopf werden wir Helme erhalten, welche gegen Hiebe und Schläge schützen sollen. Besonders gegen den Säbelhieb. Ich freue mich darauf. Sieht sicher schick aus.

17. Februar 1866

Jesses, i bi so kaputt! S' Militär isch so streng, i komm gerned dazua, mis Büachle witer z' füahra. Morgens um 5 Uhr werden wir von den Trompetern geweckt! Dann müssen wir zwei Stunden marschieren gehen! Und darauf folgt immer dieses mühsame Schießen. Ich mag ja eigentlich Leibesübungen, aber das ist echt harte Arbeit!

15. März 1866

In zwei Tagen ist es endlich soweit! Dann habe ich meine Ausbildung absolviert. Der Feldwebel sagte uns, dass wir zwei Tage frei haben, bevor die Kompanie weiterzieht. Liechtenstein ist doch klein, ich dachte, dass es da eh kein Problem sei, die Familie zu treffen und Freunde zu sehen. Doch durch den Militärdienst ist das ganz anders, gerade weil es so klein ist, begegnet man fast niemandem in meinem Alter, der sich nicht im Dienst befindet. *So, gnuag gschreba! I hüpf is Nescht, bi hundskaputt!*

18. März 1866

Gestern war mein Dienst zu Ende und ich konnte kurz nach Hause. Es ist so schön daheim, niemand schreit herum und man muss keinen Befehlen nachkommen. Meine Familie war sehr froh, als ich zurückkam. Ich denke, sie wollen mit mir zwei schöne Tage erleben, bevor ich wieder ins Militär gehen muss.

14. April 1866

Ich hatte schon wieder keine Zeit, mein Tagebuch zu führen. Der Offizier sagte zu uns, dass es wegen dem Kampf um die Vorherrschaft in Deutschland zwischen Österreich und Preußen jederzeit soweit sein kann, dass auch wir in den Krieg ziehen müssen. Das heißt: Wir müssen immer damit rechnen, angefordert zu werden und kämpfen gehen zu müssen! Meine Angst ist immer noch da!

16. Juni 1866

Vorgestern fand in Frankfurt am Main – das muss irgendwo in Deutschland sein – die entscheidende Sitzung der Bundesversammlung statt. Es ging um Krieg und Frieden! Wegen irgendwelcher Unstimmigkeiten verließ Preußen den Deutschen Bund. Der Krieg ist unvermeidbar! Unser Fürst wird sicherlich seine Pflichten als deutscher Landesherr ernst nehmen und auch uns in den Krieg schicken. Er ist sogar bereit dazu, unsere Truppe auf 120 Mann auszubauen und die Kosten dafür selbst zu tragen. Der Landtag von Vaduz lehnt das Angebot vom Fürsten ab und meint, Liechtenstein sei lediglich dazu verpflichtet, 80 Mann in den Krieg zu schicken.

25. Juni 1866

Unser Übungskurs wurde um 14 Tage verlängert. Vermutlich sind wir noch zu schlecht. Das heißt, Ferdinand und ich müssen hier noch bis zum 9. Juli ausharren. Heute hat man uns erzählt, dass gestern die österreichische Südarmee die Italiener überzeugend geschlagen habe. Dieser Sieg ermöglicht es den österreichischen Truppen, nach dem nördlichen Kriegsschauplatz Böhmen zu ziehen. Dadurch trifft eine unmittelbare Bedrohung von Tirol ein. Denn dort sind die örtlichen Wehrkräfte, Tiroler Landesschützenkompanien,

Scharfschützenkompanien und zum Teil der Landsturm aufgeboten. Der Liechtensteiner Landesherr hat den Wunsch geäußert, an der Südgrenze eingesetzt zu werden. Dies ist von Kaiser Franz Joseph genehmigt worden. Wieso ich so genau informiert bin? Unser Offizier weiß alles und findet, in seiner Truppe sollten keine Geheimnisse sein, daher erzählt er es uns.

<u>02. Juli 1866</u>

Der ›Obercommandant der Landesverteidigung und Truppencommandant in Tirol und Voralberg‹ in Innsbruck, Feldmarschall-Leutnant Graf Castiglione, hat den Ausmarsch unserer liechtensteinischen Truppen auf den 7. Juli festgelegt. Wir werden dort auf dem äußersten rechten Flügel, an der wichtigen Passstraße über das Stilfser Joch ins Veltlin eingesetzt. Ehrlich gesagt, habe ich Angst.

<u>07. Juli 1866</u>

Es gab einige Komplikationen, daher hat unser Ausmarsch noch nicht begonnen. *I find des toll, wenns so witer goht, mömer gerned goh.* In den nächsten Tagen wird aber eine Inspektion unseres Kontingents stattfinden. Der Landesfürst persönlich wird diese durchführen. Das lässt nichts Gutes erhoffen.

25. Juli 1866

Morgen müssen wir ausmarschieren! Wir werden die leichteren Zwillichgarnituren tragen. Die blauen Tuchgarnituren verladen wir auf die Munitionswagen. Die Marschroute geht über Feldkirch, Bludenz und Landeck sowie über den Reschenpass nach Mals. Unser Garniturwechsel wird in einem verschwiegenen Wäldchen vor der Stadt stattfinden. Wir wollen uns schön machen für die Bludenzer! Nachdem wir die Stadt durchquert haben, werden wir uns nochmals umziehen und wieder die leichten Garnituren tragen.

09. August 1866

Heute Abend um neun Uhr erhielten wir den Befehl, von Prad nach St. Maria zu gehen. Morgen werden wir um fünf Uhr in der Früh abmarschieren. Unsere Tornister und Zwillichuniformen werden wir hier in Prad lassen, damit wir nicht ein allzu schweres Gepäck haben für den steilen Anstieg.

10. August 1866

Dr Astieg isch schono müahsam gse, aber miar hens gschafft! Hier, auf 2.512 Metern Höhe, ist es kalt und es liegt ab und zu auch ein wenig Schnee. Brennholz hat es aber leider nicht, daher nahmen wir das Holz vom Tal mit. Alle mussten ein großes

Scheit mit sich tragen, dazu auch noch die Waffe, und da der Tornister fehlte, mussten wir in unseren Rock- und Hosentaschen die Wasch-, Putz- und Essgeräte mitschleppen. Insgesamt waren wir zehn Stunden beschäftigt mit dem Aufstieg. Dies ist eigentlich eine gute Leistung, trotzdem war es sehr streng.

11. August 1866

Hatten erwartet, dass der feindliche Angriff stattfindet, doch es geschah nichts, außer dass wir den ganzen Tag froren.

13. August 1866

A tolli Sach! Heute ist bekanntgeworden, dass ein allgemeiner Waffenstillstand abgeschlossen wurde! Dieser wird laut Informationen bis zu vier Wochen dauern! Am 15. August werden wir nach Prad gehen, da man uns dort die Stabswache anvertraut.

27. August 1866

Heute sind wir Liechtensteiner aus dem österreichischen Verband ausgetreten und machten uns auf den Rückmarsch nach Hause. Der Rückweg wird wie der Hinweg sein, also über Landeck und St. Anton.

04. September 1866

Wir haben die Landesgrenze erreicht. Es haben uns zwölf Wagen erwartet, und dann ging es rasch nach Vaduz zu. Um zwei Uhr nachmittags sind wir beim Schloss eingetroffen. Ferdinand und ich, wir sind Kriegshelden!

05. September 1866

Höt isch an tolla Tag! Miar sin usem Militärdianst entloh wora! Stellen es eu vor! I ha is Militär mössa, sogar in Kriag hani zücha mössa, aber zum Kampf isches nia ko! Ah, was ha i för an Schutzengel ka!

15. Februar 1868

Vor zwei Jahren musste ich den Militärdienst antreten. Doch wir alle hatten Glück, denn wir entkamen dem Krieg. Vor drei Tagen wurde Folgendes vom Landesfürsten beschlossen:

»Die Verhältnisse in der staatlichen Ordnung Deutschlands haben sich so geändert, dass Ich es für richtig halte, im Interesse Meines Fürstentums von der Unterhaltung eines Militärkontingents abzusehen. Dieserhalb beauftrage Ich das Kontingentskommando mit der unverzüglichen Verabschiedung der Mannschaft sowie Übergabe des Militärischen Inventars an die Regierung. Zugleich enthebe Ich den Hauptmann Rheinberger unter besonderer Anerkennung seiner geleisteten Militärdienste mit Belassung seines Offizierscharakters vom Kommando und wünsche, dass auch dem Feldwebel Walch bei seiner Verabschiedung Meine Zufriedenheit mit seiner aktiven Dienstleistung bekannt gegeben wird«.

So, ich denke, das »*Büachle*« hat rentiert ... Aber ich bin ein Mann und finde, das Schreiben von Tagebüchern ist eigentlich etwas, das besser zu Frauen passt, daher höre ich jetzt auf.

Liabi Grüass!
Fritz

Severin Kranz

»Wähla isch hald amol a Männersach!«

»Ferdinand, es git Znacht!«, ruft mein Weib.

Seufzend begebe ich mich ins Speisezimmer. Ich frage mich, wann Renate es endlich begreift, dass ich während der Arbeit nicht gestört werden will.

»Jo, Schatz, i kum gleich.« Immer unterbricht sie mich, wenn ich etwas Wichtiges erledigen muss. So kann das nicht weitergehen. Hoffentlich hat sie wenigstens etwas Gutes gekocht, ich bin am Verhungern.

Ich setze mich hin und starre grimmig auf den Teller.

»Etz git's scho weder Rebel.«

»Was hesch gset?«, erwidert sie laut.

Ich weiß nicht, ob der leicht ironische Unterton sich bewusst oder unbewusst in meine Stimme schleicht: »Nüt, nüt ... Dass i jetzt gad loscht uf Rebel ha.«

O Gott! Rebel gab es schon die letzten zwei Tage zum Abendessen. Das hängt mir langsam echt zum Hals raus! Aber jetzt, nach meiner leichtfertigen Aussage, wird das ganze Theater wieder von vorn losgehen. Da, es fängt schon an. Renate klopft auf den Tisch: »Was hesch eigentlich erwartet? Nia bisch z'freda. I mohn: I koch för di, wäsch för di, potz för di ... Und du gönnsch mer ned amol, dass i wähla dörf!«

Bla, bla, bla. Es ist immer dasselbe mit ihr.

Aufgebracht wehre ich mich: »Es stimmt doch ger ned! Wähla isch hald amol a Männersach.«

»Wieso sötten nur iar öbr üsers Land entscheida könna? Hon den miar ko Recht?«, erwidert meine Frau und flüchtet in die Küche.

»Kum, los mi doch i Ruah und fress din Frass selber. I gang in Hirscha!«

»Jo, verschwind doch! Gosch eh nur wedr gi läschtera. Abr wehe, du kunnsch wedr bsoffa hom, denn kunnsch denn epis z'erleba öber, nu dass es wasch.«

Also gehe ich in meine Stammkneipe.

Der einzige Ort, wo ich wirklich sagen darf, was ich denke. Dort haben wenigstens alle die gleiche Sichtweise wie ich. So weit kommt es noch, dass ich mir von meiner Frau sagen lasse, wie der Hase läuft. Ich halte ihre ständige Nörgelei nicht mehr aus.

Ferdinand, tu dies, Ferdinand, tu das, und kaum sagt man einmal etwas, geht es wieder los. Bin ich froh, dass ich sie wenigstens in der Kneipe nicht ertragen muss. Jetzt will sie auch noch in diese Frauengruppe für die Einführung des Frauenstimmrechts.

»Guata Obet metanand.«

»Obet, Fredi. Was tuasch denn du scho do? Normalerwis kunnsch doch ersch, wenn ES im Bett isch.«

»Hoi Anton! Sie hät mi höt eba ufgregt. All isch si am schnorra. Ma dörf numma mol a eigni Mohnig ha und wemmer sowieso scho Krach hon, denna kunnt si gad no mem Frauastimmrecht. Ned amol Znacht hani öberko. Wenn mini Alt wähla dörf, denn simmer arm dra. Es sägi der. So wit dörfs ned ko.«

»Und wieso gisch ra ned afach recht?«

»Bisch jez du oh on vo era Sorta? Bisch schoned daför, oder?«

»Nanai, abr i has met minra viel besser, set i afach so duan, als ob mer glicha Mohnig wären. Glob mer, denn isch si wia an Engel.«

»Aaaah, jez kummi drus. Eigentlich no a guati Idee. Jetz set dem Schwizer Frauastimmrecht kunnts eh all meh uf. Nögscht Sunntig isch jo eh scho Abstimmig.«

Der Abend am Stammtisch verläuft gemütlich. Auch die nächsten Tage zu Hause fühlen sich recht ruhig an. Renate hat das Thema Frauenstimmrecht seither nicht mehr angesprochen. Ich denke aber, dass das daran liegt, dass sie ohne meine Erlaubnis dieser ›Arbeitsgruppe für die Frau‹ beigetreten ist. Sie hätte es mir wenigstens sagen können. Ich finde es sogar gut, wenn sie dabei ist. Erstens hat diese Frauengruppe bis jetzt sowieso nichts erreicht, und zweitens kann ich ihr dann Recht geben, falls sie wieder mit Argumenten für das Frauenstimmrecht aufkreuzt.

Heute ist Wahltag. Mein Weib ist überzeugt, dass ich Ja stimmen werde. Ich habe das leicht zu beeinflussende Hündchen gespielt und somit ist sie jetzt zufrieden. In Wahrheit werde ich natürlich gegen das Frauenstimmrecht stimmen, so wie das jedermann tut. Es ist mein gutes Recht, zu stimmen, was ich will, und ich bin niemandem Rechenschaft schuldig. Es ist mein Wahlrecht und nicht ihres, und weil das auch so bleiben soll, sage ich: Nein!

Stunden später ...

Das Frauenstimmrecht ist angenommen worden und ich habe Hunger. »Schatz, was möchtisch höt z' essa?«, säuselt Renate. Sie drückt mir einen Kuss auf die Backe und meint: »Danke, dass'd Jo gschtimmt hesch. Es het mer viel bedütet.«

»Bitte, bitte, min Schatz. An Brota hommer scho lang num kha ...«

Keron Büchel

Bruchlandung

»Ich war damals in einer Basis bei Madna in Süditalien stationiert. Die Lebensverhältnisse dort waren sehr schwierig, aber das ist eine andere Geschichte ... Also, am 22. Februar, früh morgens, starteten wir aus Madna in Richtung Süddeutschland. Unsere Fighter Group erhielt einen Begleitschutzauftrag für eine Gruppe B-17 Bomber, welche die Aufgabe hatten, zwischen Lindau und Memmingen sechs Güterbahnhöfe zu bombardieren. Da die Alliierten bereits die Luftüberlegenheit in Süddeutschland errungen hatten, rechneten wir mit wenig Widerstand.«

Kurz hielt der alte Mann inne, um sich der Aufmerksamkeit seiner Gäste zu versichern. Sie hatten gut und ausgiebig gegessen, und wie jedes Mal, wenn Verwandte, Freunde und Familienmitglieder auf Besuch waren, saßen sie zusammen auf der Terrasse und lauschten Rocky Rhodes' launigen Erzählungen.

»Es war meine sechste Mission und wir wechselten gerade unsere Jagdflugzeuge, von englischen Spitfires auf P-51B Mustangs. Meine hieß Little Ambassador. Um 10:40 Uhr starteten 57 Maschinen vom verschneiten Flugplatz in Madna und machten sich auf den Weg Richtung Süddeutschland. Die ganze Region um Ulm, wo unsere Ziele lagen, war von einer dicken Wolkendecke überzogen. Nach Abwurf unserer Zusatztanks suchten wir nach Löchern in den Wolkenschleiern und machten uns unverzüglich an die Beschießung der Güterbahnhöfe und Flugplätze. Es entbrannten heftige Gefechte. Die Transporteinrichtungen waren erstaunlicherweise sehr stark verteidigt, und die Deutschen besaßen eine außerordentlich gute Fliegerabwehr. Allerdings waren unsere Flugkünste nicht von schlechten Eltern. Obwohl wir ein paar Verluste in den eigenen Reihen erlitten, gelang es uns, die Transporteinrichtungen erfolgreich zu beschießen. Nachdem wir einen Güterbahnhof unter Feuer genommen hatten, griffen Captain Tranquillo und ich auf offenem Gelände einen stehenden Zug an.«

Mit offenen Mündern sahen die Jungen und Mädchen Rhodes an. Eine Frau reichte ihm ein kühles Getränk, und er nippte genüsslich daran, bevor er fortfuhr: »Ich sehe es noch genau, Kinder. Wir flogen auf diesen Zug zu, begannen gerade mit der Beschießung, als dieser unser Feuer plötzlich und unerwartet erwiderte. Er entpuppte sich als Flak-Zug und war daher sehr stark gepanzert, bewaffnet und besetzt. Ich war jedoch schon so in meinem Element, dass ich Captain Tranquillo zuerst gar nicht hörte. Erst allmählich drangen seine Worte durch den Kopfhörer an mein Ohr. ›Abbruch! Abbruch!‹, rief er, und ich entkam den Geschossen mit einer scharfen Linkskurve auf Bodenhöhe. Über die Schulter sah ich gerade noch, wie der Captain seine Maschine senkrecht nach oben zog, um in der niedrigen Wolkendecke Schutz zu suchen.«

»Und was geschah dann?«, wollte ein kleiner Knirps wissen.

»Dann, Tommy, flog ich ein paar Runden, um mich etwas zu beruhigen – denn ich zitterte am ganzen Leib –, und machte mich anschließend auf den Weg, um meinen Leader zu finden. Ich sah einige Fliegergruppen, jedoch nicht meine. Damit ich nicht nutzlos blieb, schloss ich mich einer anderen Gruppe an, die gerade zum zweiten Angriff auf einen Flugplatz startete. Das war ein großer Fehler: Die Flugplatzverteidigung war vorbereitet und erwartete uns bereits. Ohne darüber nachzudenken, stürzten wir aus der Wolkendecke. Als ich in etwa sechs Metern Bodenhöhe über den Flughafen hinwegflog, übersah ich ein Flakgeschütz, welches mich am rechten Triebwerk traf. Beinahe zu Tode erschrocken, schossen mir 1.000 Gedanken durch den Kopf, von der gescheiterten Mission, meinem Tod oder dass ich euch, meine Familie und meine Freunde, nie mehr sehen würde. Ich verlor mich fast in diesen Überlegungen. Sowie ich merkte, dass meine Mustang abschmierte, war ich wieder hellwach. Ich zog mit beiden Händen am Steuerknüppel und konnte gerade noch verhindern, dass ich mit der Flugzeugnase den Boden berührte. Sowohl Triebwerk wie auch das Höhenruder waren kaputt, und nur mit aller Kraft konnte ich mein Flugzeug vor dem Wald wieder hochziehen. Per Funk suchte ich nach einer Eskorte nach Italien, es antwortete jedoch nur ein einziger Pilot, dessen Flugzeug genauso angeschlagen war wie meines, und ich wusste, dass von Minute zu Minute die Chancen schwanden, die Alpen noch heil zu überqueren. Währenddessen überflog ich bereits unbewusst die Schweizer Grenze. Plötzlich schüttelte sich mein Flugzeug. ›Nein, bitte nicht. Alles, nur das nicht!‹, sagte ich mir. Doch just in diesem Moment passierte es auch schon: Mein zweites Triebwerk fiel aus. Ich musste den Gedanken aufgeben, sicher nach Italien oder wenigstens nach Frankreich zu gelangen. Kurzerhand entschied ich mich dazu, einen Notlandeplatz zu suchen, statt mit dem Fallschirm abzuspringen. Da ich von Bergen umgeben war, stellte sich dies als schwierig heraus. Doch dann erblickte ich einen Fluss mit mehreren Kiesbänken, wo ich mich absetzen wollte. Ich steuerte ihn also an, warf die Cockpithaube ab und zog meinen Schultergürtel

an, fuhr die Landeklappen voll aus und versuchte,
so gut es ging, noch zu manövrieren und mich
möglichst leicht auf der Kiesbank abzusetzen. Der
Bauch meiner Maschine wurde bei der Landung
ohne Fahrwerk natürlich zerfetzt und auch eine
der Landeklappen wurde abgerissen, und trotzdem kam ich nicht vor Ende der Kiesbank zum
Stehen, sondern schlitterte ins Wasser. Ich machte
mir schon Sorgen, letzten Endes noch ertrinken zu
müssen, doch der Fluss hatte nur eine geringe
Tiefe und mir gelang es sogar, über die Tragflä-
chen auszusteigen und trockenen Fußes das Ufer
zu erreichen. Ich befürchtete, immer noch in
Deutschland zu sein und Gefahr zu laufen, auf Soldaten der Wehrmacht zu treffen, denn diese Notlandung war bestimmt nicht unbeobachtet geblieben. Mit mulmigem Gefühl machte ich mich auf
den Weg landeinwärts. Ich ging vorsichtig und
blickte mich immer wieder um, stets in Angst,
verhaftet und eingesperrt zu werden. Als ich das
erste Mal eine Gruppe von Einheimischen sah,
versteckte ich mich und versuchte herauszuhören,
in welcher Sprache sie sich unterhielten. Hinter
einem Stall wollte ich in Deckung gehen – doch zu
spät: Ein älterer Mann mit einer Heugabel in der
Hand stand plötzlich vor mir und redete auf mich
ein. Ich war wie erstarrt, sodass ich nichts erwi-
dern konnte. Ich wollte weglaufen, doch da stan-

den bereits weitere Einheimische. Alle sahen mich fragend an und tuschelten miteinander. Ich raffte mich zusammen und fragte, wo es in Richtung Schweiz gehe. Sie hatten mich bis jetzt weder angegriffen noch erschossen oder gefangen genommen, weshalb ich annahm, dass sie das auch nicht im Sinn hatten.«

»Und dann? Was geschah dann?«

»Trotz einiger sprachlicher Schwierigkeiten konnten sie mir erklären, dass ich mich in einem kleinen Land namens Liechtenstein befand, sicher vor den Deutschen. Mir fiel ein Stein vom Herzen und ich ließ mich erst einmal zu Boden sinken und genoss den Gedanken, die Notlandung überstanden zu haben und in Sicherheit zu sein. Nach der Übergabe an die Schweiz wurde ich in Sargans einvernommen und am nächsten Nachmittag mit dem Zug nach Dübendorf überführt. Ich wurde einige Wochen in Bern in einem Hotel untergebracht, bis sich die Lage geklärt hatte und ich meine Weiterreise nach Amerika antreten konnte. In Bern, der Hauptstadt der Schweiz, durfte ich mich frei bewegen. Ich war an nichts gebunden und hatte endlich Zeit, mir neue Kleider zu besorgen. Das Einzige, was ich tun musste, war, mich jeden Morgen um exakt 9 Uhr bei der amerikanischen Botschaft zu melden. Bald schon war der Krieg vorbei, und mit meiner Überführung nach Paris war auch mein Aufenthalt in Europa so gut wie beendet. Ich trat meine Reise nach Schottland an, um von dort mit dem Schiff weiter nach Kanada zu gelangen. Schließlich kehrte ich wieder in die Vereinigten Staaten zurück. Und hier bin ich. Ein halbes Jahrhundert älter, aber gesund und munter. Mit euch, mit meiner Familie und meinen Freunden. Und wisst ihr was? Vor zwei Tagen habe ich vom Liechtensteinischen Landesmuseum einen Brief erhalten. In einer Ausstellung wird das Kriegsende vor 50 Jahren thematisiert, und ich bin dazu eingeladen. Kinder, wir fahren nach Liechtenstein!«

Anja Gassner

Schwein gehabt

Schwabenkrieg, 1499. Eidgenössische Besprechung: »Wir müssen nach unseren Plünderungen und Bränden in Balzers, Vaduz, Schaan und Bendern auf jeden Fall noch Burg Gutenberg einnehmen und Feldkirch besetzen.« – »Der Sieg ist nahe. Lasst uns aufrüsten!« – »Ich setze mich gleich mit Frankreich in Verbindung und lasse Kanonen kommen. Nur für den Fall, dass wir härtere Geschütze auffahren müssen.«

Wenig später befinden sich die Eidgenossen schon in Balzers und sind bereit zum Angriff.

»Burgvogt von Ramschwag! Burgvogt von Ramschwag! Sehen Sie nur, die Eidgenossen sind im Anmarsch.« – »Bewahren Sie Ruhe. Unsere Festung ist gut gebaut und sicher.« – »A-a-ber sehen Sie doch nur, sie versuchen, soeben die Ringmauer aufzuschlagen.« – »Nur die Ruhe, bitte. Sie wird das Gröbste schon abfangen.«

Burgvogt Ulrich von Ramschwag, ein kleiner und eher rundlicher pausbäckiger Herr mittleren Alters, behält recht. Auch wenn seine Knollennase und seine kleinen, nah zusammenliegenden Augen ihn nicht sehr gewitzt wirken lassen und er eher einen schwerfälligen Eindruck macht, hat er schon oft bewiesen, dass er ein schlaues Köpfchen ist. Es gelingt den Schweizern nicht, in das Innere der Festung zu gelangen, und was folgt, ist eine Krisensitzung: »Wir müssen noch mehr aufrüsten!« – »Schickt nach dem Kanonenmeister aus Frankreich.« – »Aber nicht doch! Wenn wir mit 4.000 Mann vor der Festung auftauchen, wird das eine enorm einschüchternde Wirkung haben. Und zusätzlich belagern wir das Dorf mit weiteren 3.000 Mann.«

Gesagt, getan. Da stehen sie nun, die Bündner und Eidgenossen, vor verschlossenen Burgtoren. Die schwäbischen Landsknechte auf der Burg finden nur sehr kurze Worte, jedoch mit riesiger Wirkung auf die Schweizer: »Muh, muh, muh!« – »Kuhschweizer, ziehet dahin.« – »Plä, plä, plä! Versucht es ein zweites Mal und unseretwegen auch noch ein drittes Mal. Es macht keinen Unterschied, ihr werdet es nicht schaffen.«

Auf der Burg herrscht heitere und siegessichere Stimmung und es belustigt, die Schweizer zu verhöhnen. Groß wie Klein sitzen zusammen, lachen, machen Musik und sind fröhlich über das Scheitern der Gegner. Fidel, Laute, Trompete und Trommeln erklingen. Es steigt ein Fest, und der Minnesänger der Burg schreibt ein Lied:

»Schweizer,
tretet näher, plündert und raubt,
es wird sich nichts ändern,
wir haben euch durchschaut.
Versucht es ruhig weiter,
grabet und schießt,
trotz allem bleiben wir heiter,
unser Fest wird nicht vermiest.
Eure Arbeit wird sich nicht lohnen,
ihr beißt auf Granit, stoßt nur auf Fels,
wir werden hier oben thronen
über Balzers und Mäls.«

Diese Verhöhnung will man sich aber nicht bieten lassen: »Ein drittes Mal greifen wir an, doch auf unsere Niederlage müsst ihr Verzicht leisten. Ihr werdet schon sehen.«

Die Eidgenossen und Bündner machen sich auf. Ihre Kanonen können nicht mehr lange unbenutzt bleiben. Der Kanonenmeister wird gebeten: »Herr, bitte sehr, wir haben mehrere Kanonen besorgt. Eine davon hat die Ausmaße eines Elefanten und kann Steine so groß wie Hüte schleudern. Helft und beratet uns!« – »Messieurs, stets zu Ihren Diensten. Die Platzierung der Kanonen ist von größter Bedeutung und bedarf reiflicher Überlegung.«

Während im eidgenössischen Lager heftig diskutiert und überlegt wird, werden die bisherigen Besetzungsversuche der Schweizer auf der Burg belächelt: »Es würde mich sehr erfreuen, an einem weiteren Scheitern dieser Halunken teilzuhaben.« – »Ich persönlich glaube nicht daran, dass diese Ganoven es noch einmal wagen, uns zu stören.« – »Natürlich werden sie zurückkehren. Unser Verhalten wird wohl ihren Ehrgeiz und ihren Drang, siegen zu wollen, geweckt haben.« – »Was meinen Sie dazu, Burgvogt von Ramschwag?« – »Wir müssen auf alles vorbereitet sein und einen Notfallplan bereit halten. Wer weiß schon, was sie vorhaben?! Unser Sieg ist voraussehbar, jedoch nicht ganz gewiss.« – »Das Wichtigste wird sein, Ruhe zu bewahren.« Wenig später steht die Burg unter Beschuss: »Seid doch still und horcht! Was ist es, was ich vernehme?« – »Etwa Regen?« – »Aber nicht doch, die Schweizer versuchen uns zu beschießen. Seht, die kleinen Steinchen.«

Zur selben Zeit bei den Kanonen, besser gesagt in Mäls, dem besten Ort, die Burg zu bezwingen: »Feuer frei, Feuer frei!«, und die Geschosse fliegen los. Doch nach wenigen Schüssen zerfällt die größte und mächtigste Kanone, die die Geschosse mit enormer Wucht schleuderte. Keine Chance mehr für die Schweizer, mit den kleineren Geschützen etwas anzurichten. Sie haben schlichtweg zu wenig Kraft. »Herrgott noch mal, jetzt zerfällt sie uns, die Beste der Besten. Was wollen wir denn noch tun?!« Und in der Zwischenzeit hat sich der Kanonenmeister aus dem Staub gemacht. »Monsieur Kanonenmeister! Haben Sie den Kanonenmeister gesehen?« – »Nein, mein Herr.« – »Wenn ich den in die Finger kriege, der kann was erleben. Betrogen hat er uns, um Hab und Gut und um den Sieg gebracht!« – »Rückzug!«

Es folgt eine weitere Krisensitzung, doch die Motivation lässt allmählich nach: »Ist das wirklich notwendig? Noch ein Versuch? Wir sind doch schon so oft gescheitert.« – Welche Möglichkeit besteht denn noch?« – »Es ist ausweglos! Wir sind außerstande, noch einen Versuch durchzuführen.« – »Genau, wir sind erschöpft. Wir schuften, und was machen die andern? Nichts.« – »Nur Mut, meine Kameraden. Wir finden einen Weg und diese Mauern der Burg werden zugrunde gehen. Sie werden zittern und in sich zusammenbrechen!« – »Und wie genau wollen wir dieses Ergebnis erzielen?« – »Wir untergraben die Mauer! Sie wird nicht direkt zusammenfallen, aber zumindest sind wir dann auf der richtigen Seite der Burg. Der Rest erledigt sich von allein.«

Wenig begeistert bereiten sie sich nun auf ihren vierten und letzten Versuch vor. Auf der Burg selbst herrscht wieder einmal fröhlich-lockere

Stimmung: »Diese Taugenichtse, schon wieder nichts geschafft.« – »Stimmt, kein Wunder, dass solche Leute nicht ernst genommen werden.« – Große Sprüche und wenn es hart auf hart kommt, ziehen sie den Schwanz ein und verschwinden.« – »Wir haben nichts zu befürchten.«

Am nächsten Tag haben die Schweizer schon fleißig mit der Arbeit begonnen. Doch die Mauer zu untergraben, erweist sich als schwerer als gedacht. Die Burg steht auf einem festen felsigen Hügel. »Der Grund ist zu hart! Wir kommen nicht durch.« Doch sie versuchen es weiter. So schnell will man sich nicht geschlagen geben. Nun schaut man ihnen von oben herab zu. Die Burgbewohner sind sehr erfreut über die komische Darbietung: »Theater, und das schon zu so früher Stunde.« – »Seht, wie lustig, Kuhschweizer und Graben, das kann doch keine Früchte tragen.« Doch wenige Minuten zuvor hatte sich das noch ganz anders angehört: »Um Gottes willen, was machen die da?!« – »Hoffentlich hält der Boden stand. Was sollen wir tun, falls nicht?« – »Burgvogt von Ramschwag, so sagen Sie doch!« – »Nur mit der Ruhe, es wird sich alles so richten, wie es zu sein hat.«

Erschöpft, aber kochend vor Wut marschieren die Schweizer los und starteten ihre endgültig letzte Aktion. Sie schneiden die Zufuhr zur Festung ab und hoffen darauf, dass die Bewohner darin verhungern. Anfangs ist die Situation für die Burgbewohner noch zu ertragen, doch mit der Zeit wächst die Sorge. »Was machen wir nur, wenn wir tatsächlich verhungern müssen? Bald sind unsere Vorräte aufgebraucht!« – »Wir müssen uns das Ganze gut einteilen, bis wir eine Lösung gefunden haben«, erwidert Burgvogt von Ramschwag. Als man nach einiger Zeit feststellt, dass nur noch ein einziges Schwein übrig ist, ist es mit der Ruhe endgültig vorüber. »Burgvogt von Ramschwag, wir werden sterben! Wir haben nichts zu essen, nur noch ein allerletztes Schwein.« –»Was nun? Wir können nirgends hin, niemand kommt raus, niemand kann rein!«

Zur selben Zeit draußen vor den Mauern: »Das sieht ja alles sehr vielversprechend aus. Es kann nicht mehr lange dauern und wir können die Burg unser Eigen nennen« – »Das wurde auch Zeit. Die Mühen scheinen doch nicht umsonst gewesen zu sein.« – »Ihr werdet sehen, bald treten sie vor uns, bettelnd und flehend.« Plötzlich ruft ein eidgenössischer Kollege: »Seht, sie kommen!« – »Guten Tag, der Herr Burgvogt. Wie lebt es sich da drinnen mit schwindendem Vorrat?« – »Wollen Sie sich etwa schon ergeben?« Der Burgvogt, der in seinen Schnabelschuhen mit orangenen Kniestrümpfen, seinen grünen Pumphosen und seinem grünen Kittel mit einem etwas zu kleinen Gürtel näher an die Brüstung tritt, erwidert: »Keineswegs. Wir wollten uns nur erkundigen, wie Ihre Befindlichkeit so ist. Sie müssen doch bestimmt hungrig sein von der langen Warterei.«

Einige Eidgenossen tuscheln: »Was trägt er da mit sich herum?« – »Ist das etwa ...? Nein, dass kann nicht sein!« – »Doch, um Himmels willen!« Der Burgvogt steht vor ihnen auf den Zinnen, ein Schwein in den Armen. In hohem Bogen wirft er es ihnen herunter vor die Füße: »Falls der Hunger zu groß wird, haben Sie hier eine kleine Zwischenmahlzeit. Sollte es nicht reichen, können sie gerne rufen. Wir haben noch genügend übrig.« Er tippt sich an den grünen Hut mit den orangenen Federn, eine freundliche Geste, und lässt die fassungslosen Eidgenossen stehen. Sprachlos und mit weit aufgerissenen Mäulern verharren sie, bis der Schweizer Befehlshaber den Rückzug anordnet: »Mir fällt nichts mehr ein. Kaum zu glauben, dass die uns ein Schwein schenken. Wir würden noch vor ihnen verhungern. Und ich dachte, mein letzter Plan könnte nicht schiefgehen. Es ist hoffnungslos, ziehen wir ab.«

Gary Kaufmann

Die Guschger Schicksalspuppe

Das Land war von einer gewaltigen Schneedecke bedeckt und so entschlossen sich viele, zum Skifahren ins Malbun zu gehen; so auch eine Gruppe von vier jungen Männern aus Mauren, bestehend aus Thomas, Peter, und den Meyer-Brüdern Hans und Karl, die ihre Winterferien in der Skihütte von Thomas' Eltern auf der alten Alp Guschg verbrachten.

Ehe der Motor vollkommen verstummte, stürzten Hans und Karl schlagartig aus dem Auto, öffneten den Kofferraum und brachten die für gesunde Verhältnisse eher üppige Jahresration an Alkohol sicher in die Hütte. Bei ihrem abrupten Abgang hatten sie zahlreiche leere Bierdosen im Auto hinterlassen. Ächzend knallte Peter seine Studienbücher zu und schob sie unter den Beifahrersitz. Der Blondschopf warf ihm die Schlüssel zu: »Du hesch scho a geile Karra, Peter, aber zrockfahra kasch denn selbr. Blibsch jo eh nüachtern, du Jus-Streberle.«

Eine junge Blondine kämpfte sich watend durch den hohen Schnee. Thomas konnte nicht widerstehen: Selbstsicher zog er die vorbeilaufende Schönheit ein wenig oberhalb der Hüfte zu sich.

»Kasch gern d'Nacht bi mir verbringa, wenn dir dr Hamweg zwit isch, Schätzle.«

»Sos goht's der scho no guat, Macho«, schnaubte sie, löste sich von seinen kräftigen Armen, schubste ihn zu Boden und eilte so schnell sie konnte davon.

Peter bedauerte, dass er nicht mehr die Chance hatte, sich bei der Unbekannten für das lüsterne Verhalten seines Freundes zu entschuldigen. Seufzend fragte er sich, warum sein Freund nicht so sein konnte wie früher. Damals waren sie noch in derselben Klasse im Gymnasium gewesen. Weshalb nur musste nach seinem vorzeitigen Schulabgang diese negative Wandlung folgen?

Thomas zuckte bloß mit den Schultern, als Peter ihm aufgeholfen hatte: »Ene prüad Jungfrau het vermuatleg ire Täg oder so.«

Sichtlich von der Situation erheitert warf Karl ihm ein Bier zu. Er legte ihm den Arm um die Schultern und meinte grinsend: »Kopf hoch, trink os, Stecher. Sogär du hesch irgendwenn mol müasa versaga.«

»Steck's der soswohi«, lärmte Thomas, sichtlich angepisst von der Situation, und trabte davon.

Zufrieden, seinen Kameraden erfolgreich genervt zu haben, versetzte Karl Peter einen ruppigen Schlag auf die rechte Schulter.

Die Nacht brach herein und der Alkoholvorrat neigte sich allmählich dem Ende zu. Die Gruppe langweilte sich. Thomas rauchte, während die Gebrüder Meyer mit hängenden Köpfen in die Obstschale starrten. Peter schmökerte derweil in der Tageszeitung.

Der Blondschopf drückte seine Zigarette aus: »Wösch, wenn er scheiss Schneesturm ned wär, könnt ma wenigstens gmüatleg id Gitzi hocka.«

»I het meh Biar met uffe kno, wenn i es gwösst het«, murmelte Karl vor sich hin und zerdrückte seine Bierdose.

Hans klopfte auf den Tisch: »Hörn mol uf bröla. Mir tuan jetz afach do was Lostigs.«

»Jo, mach halt an Vorschlag, du hura Kröppel!«, meinte sein Bruder genervt.

Nun demolierte auch Hans seine Bierdose: »Ah, kum, Trottel, jagsch üs eh nur weder d'Bulla uf dr Hals!«

Stühle krachten zu Boden, die Brüder ballten ihre Fäuste. Mit fixierten Blicken starrten sie sich gegenseitig an. Sie wirkten wie wilde Löwen, kurz davor, auf brutalste Weise über ihre Beute herzufallen. Peter legte gerade die Zeitung zur Seite, da hatte sich Thomas bereits zwischen die beiden gestellt: »Lon er Scheiss. Bringen mol alles Klump, woner finda kon, und hauens uf a Tisch.«

Die Tunichtgute befolgten den Befehl, auch wenn sie keine Ahnung hatten, worauf dies alles hinauslaufen würde. Geleerte Dosen, Abfallsäcke, verbrauchte Unterwäsche, abgetragene Socken, nasse Handtücher, dreckige Lumpen, Kissen, diverse Lebensmittelreste, Klopapier, Besen und Knöpfe – sie warfen wirklich alles auf den Tisch, was sie sich gerade auf die Schnelle unter die Nägel reißen konnten.

Schweigend beobachtete Peter das Geschehen, sich wundernd, was die anderen bloß vorhaben konnten. Obwohl der Stapel ihm nicht ermöglichte, Thomas' Vorhaben zu deuten, erfüllte ihn bei dem Anblick dennoch ein eigenartiges Unwohlsein. Der Blondschopf krempelte die Ärmel zurück und machte sich ans Werk. Wie kleine Kinder beobachteten die Meyer-Brüder neugierig jeden seiner Schritte. Gezielt griff er einige Sachen aus dem Haufen und fügte sie zu einem Ganzen. So verwendete er den Besenstil als Grundgerüst seiner ganzen Konstruktion. Er drückte ihn durch einen randgefüllten Abfallsack, um einen Oberkörper zu erhalten. Die Besenhaare nutzte er als Oberfläche für ein Gesicht, das er sich aus diversen Lebensmitteln zusammenbastelte. Aus Dosen, kombiniert mit den streng riechenden Unterhosen und Socken, baute er Arme und Beine. Mit dickem Klebeband brachte er seine zusammengebastelten Glieder sorgfältig an, aus Lumpen und Handtüchern fertigte er die Kleidung an. Die Kissen und restlichen Socken nutzte er, um der Kreation im Bereich der Brust und des Hinterns weibliche Vorzüge zu spendieren. Die Haare bastelte er sich aus einem zerschnitten Vorhang, und schon war die Puppe fertig.

Auch jetzt, als Peter sah, dass sich Thomas nur ein ungefährliches Spielzeug zusammenbastelte, verließ ihn das kalte Gefühl nicht. Etwas war merkwürdig an der Sache. Aber je länger Peter darüber nachgrübelte, desto banaler wurden seine Gedanken.

»Was hesch met era Puppa vor?«, wollte der Student wissen und versuchte dabei, so monoton wie möglich zu klingen.

Energisch warf ihm Thomas seine Schöpfung zu: »Muasch ka Angst ha, Schisshas, wenn's di agrifft, kasch s'Gsecht uffressa.«

Ehe er antworten konnte, entriss ihm Hans die Puppe. Zügig drückte er ihr die Dose ins Gesicht. Die Flüssigkeit strömte über ihren ganzen Körper. Die ergötzten drei Tunichtgute konnten sich vor Lachen kaum halten.

Dies war nur der Anfang ihrer Blödeleien. Die Angetrunkenen behandelten sie wie ein lebendes Geschöpf, teilten ihr furchtbare Schimpfwörter aus und zwangen sie, Schnee zu fressen. Völlig wild geworden prügelten sie auf die Schutzlose ein und kickten sie durch den Raum. Die Maurer Kerle warf es vor Lachen von den Stühlen, und als Thomas die Puppe gegen die Decke schleuderte, rief er: »Elendige Schlampa, du! Seg mol eppis! Wehr di mol!«

Langsam rappelte sich Karl wieder auf, stürzte jedoch sogleich wieder zu Boden. Sein zweiter Versuch war erfolgreicher und er stand fest auf den Beinen.

»Hau si mol dore, i wet ufd Schisse met ra.«

»Tua ned zweld«, spöttelte der Blonde und donnerte ihm die leblose Puppe entgegen. Bestialisches Gelächter folgte ihm auf dem torkelnden Gang ins Badezimmer. Als er die Tür abschloss, verstummte es zumindest für ihn.

Doch Peters Toleranz wurde der grässliche Klang ihres abscheulichen Lachens zu viel. Er ertrug es nicht, ihr tierisches Verhalten weiter zu beobachten. Was für Monster der Alkohol bloß aus ihnen machte. Sein Unwohlsein wurde immer stärker. Er konnte das Warnsignal nicht länger verdrängen. Er verstand immer noch nicht, woher er es wusste, aber etwas Grausames würde in dieser Nacht hier geschehen. Das Einzige, dessen er sich bewusst sein konnte, war, dass aus irgendeinem Grund das Schicksal sich dazu entschieden hatte, ihn nicht daran teilhaben zu lassen.

Wie von einem Messer gepiekt, hüpfte er aus dem Sessel und begab sich in Richtung Haustür. Er drehte sich nochmal um und öffnete den Mund. Aber dann unterließ er die zum Scheitern verurteilte Predigt. Als er vorsichtig die Tür hinter sich schloss und ins Weiße trat, löste sich das dumpfe Unbehagen von ihm. Der kaltfeuchte Schnee, welcher im Sturm auf ihn herabprasselte, gab ihm ein Gefühl der Reinigung. Erleichtert stapfte der Student von der Hütte weg.

»Monsch, er zücht's durch?«, fragte Hans und drückte neugierig sein Ohr gegen die Badezimmertür.

Thomas lachte: »So lang, wia er scho numma hät, tät's mi echt ned wundera.«

»Ma hört eh nix«, sprach der Maurer genervt.

Die beiden wollten sich wieder hinsetzen. Doch bevor sie den Stuhl berührten, ertönte ein lauter, abartiger Schrei aus dem Badezimmer. Der Klang dauerte lange an, bis er auf einmal verstummte.

Ein lauter Knall folgte.

Ratlos gafften sie sich an. Nun spürten auch die Narren das unheimliche Gefühl. Ein kalter Blitz der Angst strömte durch ihren Körper und hauchte ihnen neues Leben ein. Ihr Rausch verflog urplötzlich.

Das Öffnen der Tür lähmte ihre Muskeln. Angespannt und in Schweiß getränkt, starrten sie ihrem Schicksal entgegen. Da stand die Puppe. Langsam schritt sie auf sie zu. Erst mit eingehauchtem Leben zeigte sich ihre Monstrosität; ihre Harmlosigkeit hatte sie komplett verloren.

Ihr diabolisches Lachen warf die hilflosen Männer zu Boden. Hämisch grinsend griff die Puppe nach dem Messer.

»Was hesch vor?«, fragte der zusammengezuckte Thomas. Der salzige Schweiß brannte in seinen Augen.

Verspielt warf sie das Messer in die Höhe und fing es an der Klinge auf: »I bi d'Rache für all eure Sünda.«

Die letzten Körner ihrer Sanduhren prasselten in die untere Hälfte des Stundenglases. Das Licht schaltete sich aus, die Puppe benutzte das Messer. Ihnen wurde nicht einmal mehr Zeit gelassen, Reue für ihre Taten zu zeigen, und ihr Blut tränkte den Teppich. Es wirkte, als ob es all ihre Sünden waren, welche nun aus den Körpern herauszuströmen versuchten. Aber nichts würde ihre beschmutzten Seelen noch reinigen können. Dafür war es zu spät.

Der Sonnenaufgang offenbarte das Geschehene. Als Peter in der Morgenfrühe zurückkehrte, um seine Sachen zu holen, erblickte er auf dem Dach der Skihütte die aufgespannten Körper seiner

Freunde. Geschockt kniete er sich zu Boden. Seine Hände zitterten vor Furcht.

Die Puppe räkelte sich gemütlich auf dem First und lachte abscheulich vor sich hin. Der Anblick der zum Leben erwachten Kreatur war grauenerregend. Nach einiger Zeit bemerkte sie den jungen Mann, warf sich auf und sprach: »Los mer guat zua! Lern us em Schicksal vo de andera. Vergess nia, dass Unrecht immer grächt würd!«

Dann erlosch das Leben der teuflischen Rächerin. Die Sonne strahlte direkt die Puppe an und läutete ihr Ende ein. Dosen klapperten vom Dach herab, ihre Einzelteile verstreuten sich überall hin. Sie hatte ihre Aufgabe erfüllt und konnte nun wieder dorthin zurückkehren, von wo sie hergekommen war, wo auch immer das sein mochte.

Nach einiger Zeit rappelte sich der Student auf, wandte dem Unheil den Rücken zu, stampfte durch den Schnee zurück in Richtung seines weißen Toyota Prius, schaltete den Motor an und fuhr eilend davon. Nie wieder wollte er hierhin zurückzukehren.

Er hatte von der Schicksalspuppe nichts gelernt, was er nicht bereits wusste. Er wünschte sich nur, seine Freunde hätten es eher begriffen. Alles, was er hoffte, war, dass es ihm irgendwie gelingen würde, diese Erfahrung erfolgreich zu verdrängen und weiterzuleben.

Die Polizei fahndete vergebens nach den als vermisst Gemeldeten. Als sie am nächsten Tag die Skihütte nach ihnen durchsuchte, waren nirgendwo Spuren zu entdecken. Es deutete nicht einmal mehr etwas auf ihren Aufenthalt hin. Einzig ein unheimliches Gefühl hatte sich ihrer bemächtigt, welches sie dazu veranlasste, ihre Suche relativ rasch einzustellen. Beiläufig machten sie ihre Angaben für den Bericht und einigten sich darauf, dass die drei jungen Männer wohl aufgrund einiger anstehender Strafverfahren ihr Glück im entfernten Ausland gesucht hatten. Beim schweigsamen Verlassen der Hütte war jedem klar, dass sie nie wieder ein Wort über diesen Vorfall verlieren würden ...

Fabian Kleeberger

Dunkle Zeiten

»Sie hatte sich gerade dem Vieh vom Bauern Frick genähert und eines der Tiere berührt, als sie meine Anwesenheit vernahm. Sie machte kehrt und verschwand. Die Woche darauf war das Tier tot und an der Stelle, an der sie es angefasst hatte, war ein schwarzer Fleck!«

»Sie ist mit dem Teufel im Bunde ... Auf den Tag genau einen Monat nachdem sie zu Besuch bei der alten Büchel war, starb diese. Sie muss verzaubert worden sein! Ich weiß es einfach.«

»Als ich eines Abends auf dem Nachhauseweg war, vernahm ich eine schwarze Gestalt, welche die gleichen Umrisse hatte wie die Angeklagte. Als ich ihren Namen rief, drehte sie sich um und daraufhin verschwand sie spurlos, aber ich hörte einen Wolf heulen. Sie muss sich verwandelt haben. So etwas geht nur, wenn man mit dem Teufel im Bunde ist!«

»Sie stand auf dem Dorfplatz und murmelte etwas in einer merkwürdigen Sprache vor sich hin: ›Arcane Shirr Mixt, Catarrhs Miner Xi, Narrate Chrism Xi, Arrears Chin Mixt‹. Am Tag darauf verunfallte auf dem Platz ein Pferdekarren, der Pech beförderte, und danach flog eine brennende Fackel aus ihrer Fassung, entzündete das Pech und setzte das Haus vom Hasler-Bauern in Brand. Es war der Teufel in ihr, der sich gen Himmel richtete und diesen zu bekämpfen versuchte durch diese Gräueltat.«

»Die Toppi hat mein Vieh geheilt, um Geld zu verdienen, aber zuvor hatte sie mein Vieh verzaubert. Es wurde eines Tages einfach krank. Das kann nicht normal sein.«

»Valeria Toppi, du wirst der Hexerei und der Zauberei verdächtigt. Des Weiteren wirst du der Lykanthropie und der Heraufbeschwörung eines Kirchenbrandes bezichtigt. Die Zeugenaussagen weisen alle darauf hin, dass du mit dem Teufel im Bunde stehst und übermenschliche Kräfte besitzt. Gestehst du, eine Hexe zu sein?«

»Ich, Valeria Toppi, bin keine Hexe. Diese Anschuldigungen sind Lügen und passen nicht zusammen!«

»Wenn du keine Hexe bist, dann warst du auch nie der Fleischeslust mit dem Teufel unterlegen?«

»Nein! Niemals! Ich lebte weder meine Fleischeslust aus noch bin ich oder war ich je eine Hexe.«

»Da du abstreitest, eine Hexe zu sein, hast du gewiss nichts einzuwenden, wenn wir dich wie jeder anderen Verdächtigen einer Prüfung unterziehen werden, die beweisen wird, ob du eine Hexe bist oder nicht.«

»Ihr nennt das Prüfungen? Es ist Folter, ohne den Hauch einer Überlebenschance! Wenn ich überlebe, bin ich eine Hexe, und wenn ich sterbe, sterbe ich als Unschuldige!«

»Du bist nicht die erste Person, die geprüft wird. Wir sind Meister unseres Faches und wissen schnell, ob du eine Hexe bist oder nicht. – Und nun schafft sie in den Kerker, wo sie auf die Prüfung warten soll!«

»Heute wirst du den Prüfungen unterzogen. Wie vom Gesetz her üblich ließen wir dich ein Jahr warten, um zu schauen, ob du aus freiem Willen zugibst, eine Hexe zu sein. Du hast kein Geständnis abgelegt, weshalb anzunehmen ist, dass du auf deiner Unschuld bestehst. Ist dem nicht so, so sage dies jetzt ...«

»Ich war weder jemals eine Hexe noch bin ich es in diesem Moment.«

»Nun gut. Lasst die Prüfungen beginnen! Enthaart den Körper und sucht nach dem Teufelsmal.«

»Herr Richter, hier ist etwas. Ein schwarzer Fleck am unteren Rücken!«

»Das ist es! Nehmt die Nadel und stecht hinein!«

Die Toppi blutet, doch ist ihrem Gesicht kein Ausdruck des Schmerzes zu vernehmen.

»Nun gut. Das ist noch kein Beweis, fesselt sie und bringt sie zum Wassergraben. Durch die Wasserprobe werden wir die Wahrheit finden.«

Valeria Toppi wird über ein hölzernes Kreuz gefesselt.

»Lasst sie ins Wasser.«

»Seht! Sie geht unter. Aber wie kommt es dazu? So viele Anklagepunkte und alle sollen falsch sein? Haben wir uns geirrt und sie ist gar keine H...«

»Richter! Sie schwimmt obenauf! Hexe! Hexe!«

»Raus mit ihr! Sie ist eine Hexe. Sie nutzt ein Stück Holz, um nach oben zu steigen.«

»Valeria Toppi, du bist aus dem Wasser aufgestiegen und hast dich zu erkennen gegeben. Die reinigende Wirkung des Wassers hat das Böse abgestoßen. Du bist eine Hexe, daran besteht kein Zweifel. Als Hexe musst du am Hexensabbat gewesen sein. Nenn mir die Namen der anderen Hexen. Sie alle sind mitschuldig und ihre Seelen müssen durch die Macht des reinigenden Feuers aus dem sündigen Körper gebrannt werden.«

»Ich bin keine Hexe. Während ich ins Wasser gelassen wurde, griff ich nach einem Holzstamm und rettete mich auf diesen. So ging ich im Wasser nicht unter. Ich war nie an einem Hexensabbat, ich kenne keine Hexen, mein Leben gehört Gott, unserem Herrn, und nicht dem Teufel!«

»Wir glauben kein Wort. Nur Hexen schwimmen oben. Unsere Geduld und Gnade halten sich in Grenzen. Du hast den Namen Gottes benutzt. In deinem Sündenmund ist das eine Beleidigung, du hast Seinen Namen entweiht. Dafür wirst du bei lebendigem Leibe brennen, ohne zuvor den Akt der Gnade durch Enthaupten oder Erdrosseln zu genießen.«

Drei Monate der Qual im Verlies sind vergangen und Valeria Toppi ist noch immer am Leben. Abgemagert, mit offenen Wunden, angenagt von Ratten, kaum mehr bei Bewusstsein – doch noch immer hält sie durch. Für die Richter ist dies nur ein weiteres Zeichen dafür, dass sie eine Hexe ist. Kein Sterblicher, weder Mann noch Frau, kann solch eine Tortur erdulden, ohne die Lebenskraft vom Teufel zu beziehen. Unterschätzt wird der Lebenswille des Menschen, der ihn auch in größter Not und Verzweiflung am Leben hält. Toppi aber beweist dies, wie es vor ihr auch andere vermeintliche Hexen bewiesen haben. Während drei Monaten der Qual wird sie Zeugin manch grausamer Tat. In der Nacht hört sie Schreie. Manchmal sind sie real, manchmal nicht. In ihrem Kopf und in ihren Gedanken manifestieren sie sich, so laut und deutlich wie am ersten Tag, an dem sie hörte, wie eine andere Frau peinlich befragt wurde. Ein jeder wäre froh, die Nacht zu erreichen, um der friedlichen Stille zu lauschen, doch für Valeria Toppi ist dies die größte Qual. Nacht für Nacht verbringt sie im Kerker. Jegliches Zeitgefühl verschwindet und die nächtlichen Reisen ihrer Träume bringen sie zurück an die Tage des Anfangs, die Tage, an denen der Prozess begann.

Weitere Monate streichen ins Land. Ob ein neuer Winter anbricht, vermag sie nicht zu sagen, denn die Kälte ist ihr ständiger Begleiter im Kerker. Die kühlen Ketten aus Stahl brennen ihr Zeichen auf die Haut. Sich zu erholen ist unmöglich. Durch die kleine vergitterte Fensteröffnung in dem Gemäuer aus Stein dringt kaum ein wärmender, hoffnungsbringender Strahl der Sonne. Bleich ist ihre Haut und übersät mit den Spuren der Ketten, die sie eines Tages nicht einmal mehr bemerkt, da sie so eng an ihrem Körper anliegen, als ob sie Teil ihrer Haut wären.

Ein neuer Tag bricht an. Männer in Schwarz stehen vor ihrer Zelle im kargen Verlies. Sie holen sie ab. Von ihren Ketten befreit, schreitet sie die Treppen hinauf und wird vom Licht der Sonne geblendet. Sie spürt, dass ihre Fußsohlen nicht mehr Stein berühren, doch was es ist, weiß sie nicht. Zu lange hat sie nichts anderes mehr gespürt. Alle Erinnerungen an frühere Erlebnisse sind verschwunden. Valeria Toppi – noch immer geblendet – vernimmt die Anwesenheit mehrerer fremder Personen, als sie zum Richtplatz gekarrt wird.

Lärm verdrängt die Schreie in ihrem Kopf. Rufe aus dem Volk ...

»Lasst die Hexe brennen!«

Sie weiß nun, was sie erwartet, und die Hoffnung auf Vergebung verschwindet.

Mit gesenktem Haupt steigt sie auf den Scheiterhaufen. Gefesselt von den Männern in Schwarz, sieht sie die Fackeln näher kommen. Das Feuer wird entfacht ...

Noch immer hallen die Schreie der Menge in ihren Ohren – der Wunsch, sie brennen zu sehen.

»So eine unterhaltsame Hinrichtung habe ich schon lange nicht mehr gesehen.«

»Stimmt, ich freu mich schon richtig auf die nächste.«

Der Tod als Belustigung der Masse.

Sebastian Schredt

Gold für Liechtenstein

Olympiastadion, Rio de Janeiro, August 2016. Es ist Nachmittag, es ist heiß, die Sonne brennt, die Stimmung ist fantastisch. Ich renne über die Ziellinie, der Marathon ist geschafft. Ich bin am Ende meiner Kräfte, das Stadion brodelt, Fotografen umzingeln mich. Ich sinke auf die Knie, mein Trainer rennt mit wehender Liechtenstein-Flagge auf mich zu. Bei der Durchsage aus dem Lautsprecher höre ich nur: »New world record! And the gold medal goes to Liechtenstein.«

Der größte Traum eines jeden Sportlers ist es wohl, einmal bei Olympischen Spielen dabei sein zu können, olympische Luft zu schnuppern und den globalen vereinenden Geist, der über den Spielen liegt, zu erfahren. Sich bei einer so bedeutungsvollen Veranstaltung mit anderen Sportlern aus aller Welt zu messen, ist der Traum eines jeden Athleten.

Nun stellen sich mir folgende Fragen: »Wie können solche Träume überhaupt realisiert werden? Reicht hartes Training aus oder braucht es auch Talent, um erfolgreich zu sein? Spielt Glück eine Rolle? Bietet mir mein Heimatland Liechtenstein genügend Chancen, als Sportler erfolgreich zu sein? Haben wir Marathonläufer Gemeinsamkeiten mit Maschinen? Teilweise ist dies sicherlich zu meinen, wenn man mit über 20 km/h einen Marathon absolviert.«

Nun zu meiner Vorbereitung, wie alles begann: Ich erstellte einen Trainingsplan, der mein wöchentliches Lauftraining beinhaltete. Das harte und konsequente Training begann im Januar 2015, circa 18 Monate vor den Olympischen Spielen. Der Countdown lief. Zuerst musste ich überhaupt die Qualifikation schaffen, weshalb es unabdingbar war, an einem Marathon teilzunehmen und die Zeit von zwei Stunden und 20 Minuten zu unterbieten. Ich wählte mir den bekannten Berlin-Marathon aus, der im September stattfand. Das war mein erster Test. Mein harter und strenger Trainingsplan gab mir vor, dass ich wöchentlich 60 Kilometer zu absolvieren hatte. Es kostete mich viel Zeit und Energie, dies durchzuhalten, denn als Vater und Ehemann fiel es mir oft schwer, neben meinem Beruf und meinem Familienleben auch noch die Laufschuhe zu schnüren. Meine Frau unterstützte mich anfänglich bei meiner großen Leidenschaft und auch bei meinem Ziel, das ich vor Augen hatte, doch bekamen wir immer öfter Streit. Ich sah mein Kind tagelang nicht mehr, wenn ich nach der Arbeit direkt trainieren ging und erst dann heimkam, wenn der Kleine bereits schlief, und morgens war ich außer Haus, wenn mein Junge aufstand ...

Motivation spielte eine große Rolle, wenn es galt, diese schwierige Zeit durchzustehen. Allmählich begann mir das Lauftraining auch wirklich Spaß zu machen, es wurde zum Ritual. Das Laufen durch den Wald oder am Rhein entlang befreite mich und ich konnte meinen Gedanken freien Lauf lassen. Meine Trainingsfortschritte wurden sichtbar.

Bald schon war der September da und ich flog nach Berlin zu meinen ersten Marathon. Ich war ziemlich angespannt und nervös. Dies legte sich auch nicht, als ich mitten im Teilnehmerfeld am Start stand. Die Qualifikation, welche ich zu schaffen hatte, machte mich noch nervöser. Ungeduldig erwartete ich den Startschuss. Alles verlief wie geplant, obwohl nach der Hälfte des Marathons meine Beine schmerzten. Da war es, das Brandenburger Tor, das Ziel des Berliner Marathons. Die Qualifikation war geschafft, mit der knappen Zeit von zwei Stunden, 19 Minuten und 58 Sekunden. Erschöpft, aber glücklich freute ich mich über den tollen Tag und die gute Zeit. Es war wichtig für mich, diese Erfahrungen zu sammeln. Zu Hause angekommen, versuchte ich das Rennen zu analysieren und einen neuen Trainingsplan zu erstellen.

Mit meinem ersten Marathon war ich sehr zufrieden, jedoch wollte ich nicht mit so einer Zeit bei Olympia teilnehmen: Mein Ziel war es unter zwei Stunden und 10 Minuten zu gelangen. Als ich nach Hause kam, war die Stimmung jedoch nicht so gigantisch, wie ich es mir vorgestellt hatte.

Meine Frau meinte: »Bisch jo nia daham, Heilandzack!! Din Buab häsch s' ganz Wohanend ned gsaha und jetz bringsch do so an Pokal met, wia an Gott wärsch. Du bisch mer scho an, hauptsach laufa und wenig Zit med dr Familia verbringa.«

»Jo, es tuat mer jo leid, i han mer es hald als Ziel gsetzt und i glob, näbem viela Schaffa döff i scho o mol was för mi tua! I lauf jetzt no der z' Brasilia und denn bin i wedr dr bescht Maa und Vater, wo dr vorstella kasch.«

»Tua du, was d' wetsch«, meinte sie beleidigt und ließ mich allein.

Mein neuer Trainingsplan schrieb mir vor, dass ich wöchentlich 80 Kilometer lief. Für mein Familienleben bedeutete das noch weniger Zeit für Frau und Kind und noch strengeres und härteres Training als zuvor. Meiner Meinung nach erreicht man die besten Trainingsergebnisse durch langsame und lange Läufe. 40 Wochen später und nach 3.500 Laufkilometern ging es im Flieger Richtung Brasilien, genauer gesagt nach Rio de Janeiro. Meine Frau und ich hatten einen großen Streit, bevor ich abflog, und zum Glück war die Zeit des Trainings und des Marathons bald fertig; sie weigerte sich auch, nach Brasilien mitzukommen, sie wolle mich bei meinem Sport nicht mehr unterstützen.

Doch am anderen Ende der Welt versuchte ich, meine privaten Probleme auszuklammern. Hier nämlich sollte sich herausstellen, ob sich das ganze Training gelohnt hatte und ich fähig sein sollte, die 42,195 Kilometer zu laufen ...

Mein lang gehegter Traum: Olympia! Die Stimmung im Olympischen Lager ist genial, alle sind gut drauf und die Vorfreude auf die Eröffnungsfeier ist riesig. Morgen steht der große Lauf an, heute besichtigen wir die Strecke: Man läuft an der riesigen Christus-Statue, welche auf dem Corcovado über Rio thront, vorbei und das Ziel liegt im neu gebauten Olympiastadion, das ungefähr 100.000 Menschen fasst.

»Baaaaaaam«, der Startschuss ist gefallen.

Anders als in Berlin laufen alle Läufer unglaublich schnell. Gleich zu Beginn setzt sich eine Gruppe ab, ich kann nur mit Mühe mithalten. So viele Leute am Straßenrand, das ist einfach nur fantastisch, ich schätze, dass doppelt so viele Leute zuschauen wie in Berlin. Die vielen Zuschauer applaudieren und motivieren mich durch Zurufe.

Alle paar 100 Meter steht ein Kameramann und über der Stadt kreisen Helikopter. Das Tempo ist höher, als ich es mir vorgestellt habe, aber die ersten paar Kilometer läuft alles perfekt. Ich halte immer noch mit der Spitzengruppe mit.

Bei Kilometer 30 spüre ich meine schmerzenden Beine immer mehr, jedoch träume ich immer noch von Gold und meine Anspannung steigt. Die letzten Kilometer sind streng, einige Kollegen, die ich in Berlin kennengelernt habe, setzen sich ab, ich probiere mitzuziehen. Jetzt sind es nur noch drei Kilometer, und die führende Gruppe besteht aus zwei Kenianern, einem Deutschen und mir. Das Tempo wird noch einmal erhöht und der Schlusssprint ins Olympiastadion raubt mir die letzten Kräfte. Die Arena ist bis auf den letzten Platz gefüllt. – Und plötzlich sehe ich sie, meine Frau mit meinem Jungen auf dem Arm. Eine Überraschung, die mir einen unglaublichen Ansporn gibt. Die Zielgerade liegt vor mir, die letzten 100 Meter. Ich setze zum Sprint an, meine Konkurrenten ebenfalls, es ist ein Kopf-an-Kopf-Rennen, und das erste Haupt, das über die Ziellinie geht, ist glücklicherweise meines, die Zeit von zwei Stunden und drei Minuten ist neuer Olympiarekord ... Die Sonne brennt, die Stimmung ist fantastisch. Ich bin am Ende meiner Kräfte, das Stadion brodelt, Fotografen umzingeln mich. Ich sinke auf die Knie, mein

Trainer rennt mit wehender Liechtenstein-Flagge auf mich zu, und bei der Durchsage aus dem Lautsprecher höre ich: »And the gold medal goes to Liechtenstein.«

Es ist geschafft, ich habe mein Ziel erreicht, ja sogar übertroffen. Ich bin der glücklichste Mensch auf Erden, jedoch sehr erschöpft. Jetzt freue ich mich auf mein Zuhause und auf ein gemütliches Entspannen. Von dem schönen Preisgeld kann ich mir ein paar Wochen Ferien leisten und mit meiner Familie die verlorene Zeit aufholen.

Isabelle Kirschbaumer

Staatsfeiertag mit Turbulenzen

»Marie, aufstehen«, flüstert die Mutter.

»Noch eine Minute, ich stehe bald auf«, murmelt Marie verschlafen.

»Nein, steh jetzt auf. Das Frühstück ist fertig.«

Marie wälzt sich im Bett. Sie hat gerade so etwas Schönes geträumt und jetzt ist sie einfach aufgeweckt worden. Langsam steht sie auf und geht ins Badezimmer. »Die Sommerferien sind einfach die besten Ferien«, denkt sie sich, »aber jetzt sind sie leider schon bald vorbei.« Sie bewegt sich schlurfend Richtung Küche. Da steigt ihr auch schon der leckere Duft von Toast in die Nase. Sie merkt, dass sie jetzt Hunger bekommt, setzt sich an ihren Platz und beginnt zu essen.

»Weißt du, was heute für ein Tag ist?«, erkundigt sich ihr Vater.

»Nein, wieso?«

»Heute ist der 15. August«, erklärt ihre Mutter.

»Oh, das Fürstenfest«, erkennt Marie mit einem Lächeln im Gesicht. »Da hab ich mich schon so lange darauf gefreut.«

Marie wird mit ihren Eltern hingehen. Die meisten Kinder aus ihrer Klasse werden kommen. »Wir haben schon miteinander besprochen, dass wir zusammen das Feuerwerk anschauen werden«, denkt sich Marie. Nach den Sommerferien kommt sie in die 3. Primarschulklasse und auch darauf freut sie sich. Das Fürstenfest ist in Vaduz, und Marie weiß, dass es um 22 Uhr immer ein großes Feuerwerk gibt. Davor kann man im Städtle viele Dinge anschauen und auch kaufen. Es kommen jedes Jahr sehr viele Menschen nach Vaduz, um an diesem gesellschaftlichen Ereignis teilzunehmen.

Nach dem Frühstück liegt Marie auf dem Sofa und kuschelt mit ihrer Hündin Jessie.

»Ich kann es kaum erwarten«, flüstert sie ihr ins Ohr. »Hoffentlich dauert es nicht mehr allzu lange, bis wir fahren«, fügt sie hinzu.

Marie sitzt nach dem Abendessen wieder auf dem Sofa. Ihre Mutter kommt herein und sagt: »Wir fahren bald los, Schatz. Mach dich bitte fertig.«

Schon ist sie wieder aus dem Zimmer verschwunden. Marie zieht ihre Jacke an und holt die Leine für Jessie. Ihre Eltern sind auch schnell bereit. Dann, um 19 Uhr, geht es endlich los. Der Weg von Triesen nach Vaduz ist kurz, und schon bald sieht sie die ersten Stände. Als das Auto geparkt ist, nimmt sie ihren Hund an die Leine und schaut sich um. Es gibt viele verschiedene Stände. Marie sieht einen, an dem man Pommes verkauft.

»Mama, wollen wir nicht was kaufen? Ich habe Hunger.«

»Okay. Komm mit, wir holen dir eine Portion«, antwortet ihre Mutter. Sie stehen an und bekommen das Essen.

»Das schmeckt gut«, sagt Marie.

Gemeinsam laufen sie durch die Menge. Es sind richtig viele Menschen gekommen.

»Wie jedes Jahr«, meint ihr Vater.

Heute dürfen sie auf der Straße stehen, denn diese Strecke wurde abgesperrt. Sie gehen weiter und entdecken einen Straßenkünstler. Um ihn herum stehen viele Menschen und schauen ihm zu. Sie bleiben kurz stehen. Der Künstler spricht gerade einen Jungen an.

»Kannst du mir bitte assistieren?«

Der Junge nickt und läuft zu ihm hin.

»So, dann gib mir jetzt bitte einen Ziegelstein nach dem anderen«, bittet der Mann.

Der Junge bringt sie und er stapelt alle aufeinander. Als alle aufgebraucht sind, macht der Artist einen Handstand darauf. Marie und ihre Eltern schlendern weiter. Sie spazieren von der Hauptstraße, auf der sie gerade waren, zur oberen Straße. Auch dort ist eine große Menschenmenge. Nachdem sie überall gewesen sind, wird es bereits langsam dunkel.

»Bald schon beginnt das Feuerwerk«, sagt ihr Vater.

Eine Stunde später setzt sich die Familie irgendwo hin, wo sie das Feuerwerk sehen kann. Plötzlich geht es los. Beim ersten Knall zuckt Marie zusammen.

»Das Feuerwerk gefällt mir«, meint sie mit einem Grinsen im Gesicht.

Ihre Eltern lächeln sich an. Ungefähr eine halbe Stunde lang sehen sie die verschiedensten Farben und Konstellationen.

»Na, Jessie, wie gefällt es dir so?«, fragt Marie ihre Hündin.

Sie dreht den Kopf zu ihr hin, aber erblickt sie nicht. Da steht sie auf und dreht sich um die eigene Achse.

»Wo ist Jessie?«, fragt sie. Marie kann sie nirgends sehen. »Mama, Jessie ist weg!«, ruft sie voller Sorge.

Sofort springen ihre Eltern auf, um die Hündin zu suchen. Zuerst gehen sie die Straßen ab, wo sie vorhin waren. Sie schauen unter jeden Stand und fragen alle, die ihnen begegnen, ob sie ihre entlaufene Hündin gesehen hätten. Doch sie haben kein Glück.

»Was ist, wenn sie auf die Autobahn gelaufen ist? Was machen wir dann?«, flüstert Maries Mutter ihrem Mann zu.

»Wir hoffen einfach das Beste. Sie ist sicher irgendwo in der Nähe.«

Marie ist voller Sorge. »Vielleicht hat sie jemand mitgenommen. Ich will Jessie zurück!«

»Wo können wir denn noch suchen?«, fragt die Mutter.

»Ich habe eine Idee. Sie ist wahrscheinlich geflohen, weil es zu laut für sie war. Wir sollten also einen Ort suchen, wo es ruhiger ist«, erklärt ihr Vater.

Auf einmal hat Marie eine Vorstellung davon, wo Jessie sein könnte.

»Folgt mir, ich glaube ich weiß, wo sie ist.«

Die Eltern folgen ihrer Tochter, die immer schneller läuft. Sie führt sie bis an den Rheindamm. Sie schauen nach links und nach rechts und plötzlich, ohne dass sie es erwartet haben, nehmen sie einen dunklen Fleck wahr, der auf und ab springt: ein Hund, der versucht, die Mücken zu fangen.

»Das ist Jessie!«, ruft Marie aus.

Sie ist beim Anblick ihres geliebten Hundes so erfreut, dass sie zu ihr springt und sie richtig fest knuddelt.

»Ich bin so froh, dass ich dich wieder gefunden habe«, flüstert sie ihrer Jessie ins Ohr.

Nach diesem unerwarteten Ausflug spazieren sie gemeinsam zurück ins Städtle. Das Feuerwerk hat vor wenigen Minuten aufgehört. Die Menschenmenge löst sich zum Teil auf und man kann besser auf der Straße gehen. Marie gähnt.

»Ich glaube, es wird Zeit, nach Hause zu fahren«, meint ihre Mutter.

»Das war ein interessantes Fest«, bemerkt der Vater.

»Ja. Hoffentlich erleben wir im nächsten Jahr genauso viel«, erwidert Marie.

Nachdem sie zum Auto durchgekommen sind, können sie endlich einsteigen. Marie sitzt hinten, zusammen mit ihrer Hündin. Sie kuschelt sich an sie und schläft zufrieden ein.

Rebecca Kranz

Die Goldene Boos

Wir schrieben das Jahr 1784. Ich war noch ein kleiner Junge, gerade acht Jahre alt geworden, als nach einem langen, kalten Winter, der nie aufzuhören schien, endlich wieder die ersten Sonnenstrahlen zum Vorschein kamen, die ersten Blumen zu blühen begannen und die ersten Vögel zwitscherten. Ich konnte es kaum erwarten, aus dem Haus zu kommen und im Sommer neue Abenteuer zu erleben. Viel zu lange musste ich in diesem grausamen Winter hungernd und frierend allein in meinem Zimmer sitzen und darauf warten und hoffen, dass die Schneestürme bald vorüber sein würden. Meine kleine Schwester starb an Unterkühlung und Unterernährung, ungefähr zwei Wochen, bevor die Stürme sich legten. Ich war sehr traurig darüber. Sie war mein einziger Spielgefährte gewesen, und nun musste ich mich auf die Suche nach jemand Neuem begeben, der mit mir haufenweise Abenteuer erleben wollte.

Meine Mutter kam nicht über den Tod meiner Schwester hinweg. Jede Nacht hörte ich sie weinen, worauf immer öfter ein genervtes Stöhnen meines Vaters einsetzte. Aus Angst, es wäre noch zu kalt und auch ich könnte erfrieren, wollte sie mich so lange wie möglich nicht aus dem Haus gehen lassen: »Du fällst in einen Graben und niemand hört dich, du findest nicht mehr nach Hause oder jemand entführt dich und ich habe dich nie wieder!« Doch lange konnte sie das nicht mit mir machen, und so stand ich eines Morgens schon früh auf und schlich mich aus dem Haus, rannte über die Felder, sprang über Bäche und konnte mein Glück, endlich wieder frei und ungezwungen zu sein, kaum fassen.

Als ich unter einem großen Baum lag, um die frische Luft zu genießen, sah ich eine große, aber sehr schmächtige Frau mit rotblondem Haar und einer geheimnisvollen Holzkiste auf dem Rücken aus dem Wald kommen. Sie trug dreckige, zerrissene Kleidung und sah sehr armselig und unglücklich aus. Ich schaute ihr lange nach, und als sie hinter der nächsten Hecke verschwunden war, machte ich mich auf den Nachhauseweg, um meiner Mutter keine allzu großen Sorgen zu bereiten.

In den nächsten Tagen trat mir diese unheimliche Frau auf meinen Streifzügen durch die Gegend immer wieder unter die Augen, und immer schien sie ihre Kiste nahe bei sich zu haben, nie ließ sie sie aus den Augen. Ich konnte meine Gedanken nicht mehr davonlassen, ich wurde neugierig und wollte wissen, was Wertvolles sich in dieser Kiste befinde. Also entschied ich mich, einfach zu ihr hinzugehen und sie zu fragen. Doch wie ich es mir schon hätte denken können, wies sie mich ab, indem sie meinte: »Junge, das geht dich nichts an!«

Mehrere Male versuchte ich, sie zu einer Antwort zu überreden. Diese Frau interessierte mich, ich mochte die Art, wie sie lebte: Tag für Tag streifte sie durch die Wälder und jede Nacht verbrachte sie in einem anderen Gasthaus. Ich wollte mit ihr mitziehen, ihr helfen, die Kiste zu beschützen, doch sie wies mich immer wieder ab. Das enttäuschte mich, machte mich aber gleichzeitig noch neugieriger. Ich fragte meine Eltern, was es mit dieser merkwürdigen Fremden auf sich habe, doch sie zeigten kein großes Interesse daran, mit mir über sie zu reden, und meinten nur: »Sie ist bekannt als die Goldene Boos, eine Vagantin mit schlechter Herkunft, die behauptet, einen Schatz in ihrer Holzkiste aufzubewahren ...«

Einige Tage lang versuchte ich mich abzulenken und mir ein neues Abenteuer zu suchen, was mir jedoch nicht gelang. Also verfolgte ich die Goldene Boos. Ich spürte ihr nach und sobald sie ein Zimmer in einem Gasthaus beziehen sollte, würde ich mich einschleichen und das Geheimnis um die Kiste lüften. Zwei Tage später kam sie in ein Gasthaus in Schaan, ganz in der Nähe von zu Hause. Mit dem Wirt vereinbarte sie ein Lager für die

Nacht. Jetzt habe sie noch zu tun, werde aber gewiss nach Sonnenuntergang zurückkehren.

Nach dem Abendessen legte ich mich ins Bett und wartete ab, bis sich die Zimmertür meiner Eltern schloss. Das war der Moment, loszugehen. Innerhalb kurzer Zeit erreichte ich den Gasthof, in dem ich schon öfters war, und schlich mich durch die Hintertür in den Speisesaal, wo ich mich unter einer Eckbank versteckte.

Schon bald vernahm ich die Stimme der Goldenen Boos: »In meiner Kiste verbirgt sich ein wertvoller Schatz, Herr Wirt, sie soll für diese Nacht im besten Zimmer des Hauses aufbewahrt werden.«

Wirt und Gast wechselten ein paar Worte, bevor sie sich zusammen auf den Weg ins Obergeschoss machten. Unauffällig heftete ich mich an ihre Fersen. Der Wirt zeigte ihr zuerst das Zimmer, in welchem sie ihre Kiste aufbewahren konnte, und danach jenes, in dem sie schlafen sollte. Und schon war es soweit: Die Tür schloss sich hinter der Goldenen Boos, die Gäste gingen zu Bett und der Wirt versorgte seine letzten Gläser und machte sich schließlich ebenfalls auf den Weg zu seinem Wohnbereich.

Ich wusste, dass nun meine Chance gekommen war, ihr Geheimnis aufzudecken. Mit viel Geschick öffnete ich einen Spaltbreit die Tür zum Zimmer, in dem die Holzkiste verstaut war, und spähte hinein. Mein Herz schien stehen zu bleiben, als ich sie in dem kleinen, aber sehr reich ausgestattetem Raum erblickte. Ich konnte meinen Augen kaum trauen, denn in diesem Moment öffnete sich der Deckel der Kiste und ein kleines Männlein, das darin eingepfercht gewesen war, quälte sich heraus und begann, die Wertstücke des Zimmers einzusammeln. Vor Schreck stieß ich einen Schrei aus, und schon trat der Wirt, eine Kerze in der Hand, auf den Gang. Im ersten Moment dachte er wohl, dass ich in sein Wirtshaus eingebrochen war und seine Wertsachen stehlen wollte. Doch sowie ich ins Zimmer zeigte, wurde ihm klar, dass die Goldene Boos dahinter stecken musste. Schon öfters hatte er üble Geschichten vernommen und sie zuerst auch gar nicht in seinem Gasthaus schlafen lassen wollen. Entschlossen ging er in das Zimmer, packte das Männlein am Hals und schleifte es in den Flur. Gleichzeitig rief er seine Frau, sie solle die Wachmänner des Dorfes alarmieren, sie hätten eine Verbrecherin im Haus, welche dringend nach Vaduz gebracht werden müsse. Die Wirtin machte sich auf den Weg und über all dem Lärm kamen weitere Gäste herbei und halfen dem Wirt, der Goldenen Boos habhaft zu werden. Sie schlugen ihre Tür ein und der Wirt packte auch sie, damit sie nicht entwischen konnte. Immer noch geschockt, stand ich vor dem Zimmer, und als mich die Goldene Boos erblickte, füllte sich ihr Gesicht mit Hass: »Du kleiner Junge, du bist an alldem schuld! Der Teufel soll dich holen!«

Der Wirt jedoch bedankte sich mehrmals bei mir, bot mir zu essen und zu trinken an, doch ich wollte mich nur noch auf den Weg nach Hause machen. Gedankenversunken legte ich mich schlafen, und am nächsten Tag, nach einer unruhigen Nacht, wusste bereits das ganze Land über die Gefangennahme der Goldenen Boos Bescheid. Alle schauten mich mit dankbaren und ehrfürchtigen Blicken an. Ich schien der Einzige zu sein, der keine Freude über die Gefangennahme empfand. Eigentlich hatte ich doch nur wissen wollen, was in der Holzkiste war, damit ich das Geheimnis mit der Vagantin teilen und ein Leben führen konnte, wie sie es tat.

Die Zeit verging und die Diskussionen darüber, wie man mit der Goldenen Boos zu verfahren habe, schienen endlos zu sein. Ich versuchte, mich von der Sache abzulenken und neue Abenteuer für den Sommer zu finden; doch ich musste immerzu an ihr Schicksal denken. Mehrere Male lief ich nach Vaduz, wo ich mich bei ihr entschuldigen und ihr anbieten wollte, ihr zu helfen. Doch ihre Zelle befand sich im tiefsten Kerkerloch im Schloss des Fürsten und es gab keine Möglichkeit, zu ihr vorgelassen zu werden.

Drei Monate später, am Anfang eines bitterkalten Dezembers, wurde das Urteil gefällt: Die Goldene Boos sollte im Februar 1785 auf Güdigen in Eschen hingerichtet werden. An diesem Tag schwor ich mir, nie wieder so neugierig zu sein oder mich in die Angelegenheiten fremder Menschen einzumischen.

Dominic Kamper

Soliman

Es ist der 11. September 1802. Fürst Alois I. von Liechtenstein besucht das Kaiserliche Naturalienkabinett in Wien. Während er durch das Museum schlendert, erinnert er sich an die Zeit zurück, als er noch ein kleiner Junge war und sein Vater noch lebte. Damals wurde er von einem Herrn namens Angelo Soliman unterrichtet.

Soliman war immer sehr nett zu ihm gewesen. Als Prinzenerzieher brachte er ihm alles bei, was er wissen musste, sobald er das Amt des Fürsten von Liechtenstein antreten würde. Er lernte von ihm gutes Benehmen, wurde in einigen Sprachen unterrichtet und auch darin, wie er sich in der Öffentlichkeit zu geben habe. Etwas empfand Alois dabei jedoch immer als sehr befremdlich: Soliman war kein Weißer wie alle anderen um ihn, sondern schwarz. Vor allem überraschte Alois, dass Soliman trotz seiner Hautfarbe in Wien ein äußerst geachteter und gern gesehener Mann war.

Mittlerweile ist der Fürst an seinem eigentlichen Ziel angekommen: beim Wilden, dem Schmuckstück des Museums. In der Vitrine vor ihm sieht er einen halb nackten, mit Muschelketten geschmückten schwarzen Mann, den er sofort wiedererkennt. Eine Woge an Gefühlen schwappt über ihn hinweg: Einerseits empfindet er Trauer darüber, dass Soliman nach seinem Tod so enden musste, andererseits ist er verwirrt. Der Fürst versteht nicht, wie die Gesellschaft dies einem eigentlich geachteten Mann antun konnte. Auch wenn er schwarz ist, sollte ihm doch der gleiche Respekt zukommen wie jedem anderen – und dazu gehört folglich auch die Totenruhe. Alois findet es nicht richtig, Soliman wie ein ausgestopftes Tier auszustellen. Und wie konnte es eigentlich dazu kommen, dass ein Afrikaner – in einer Zeit, als Schwarze in Europa nicht viel galten – überhaupt solches Ansehen erringen konnte?

Abermals erinnert sich Alois zurück. In seiner Jugend – er mochte etwa 13 oder 14 Jahre alt sein – erzählte Soliman ihm seine bewegte Lebensgeschichte: Einem afrikanischen Stamm zugehörig, der infolge eines Krieges ausgelöscht wurde, fiel er den Gewinnern in die Hände, diese wiederum tauschten ihn für ein Pferd bei einigen Europäern ein. So kam es, dass er einige Zeit Kamele für seine neuen Herren hüten musste, bis eine reiche Frau Erbarmen mit ihm hatte und ihn freikaufte. Von ihr wurde er auch erzogen, bis er 1734 dem Fürsten Johann Georg Christian von Lobkowitz geschenkt wurde. Mit diesem pflegte er ein gutes Verhältnis – er rettete ihm sogar einmal das Leben! Dies, so dachte Alois für sich, muss wohl zu einem großen Teil zu seinem Ansehen beigetragen haben. Soliman hatte ihm des Weiteren erzählt, dass er nach dem Tod von Lobkowitz 1753 zu Fürst Wenzel von Liechtenstein kam und dort zum Chef der Dienerschaft aufstieg – was ihn auch zum Prinzenerzieher machte. Dann heiratete Soliman ohne Wissen des Fürstens. Das war unerwünscht und so wurde er kurzerhand entlassen.

Alois kann sich noch gut daran erinnern, wie Soliman ihm dies erzählt hatte. »Doch warum bist du wieder da?«, hatte Alois ihn daraufhin gefragt und der Schwarze erklärte, dass 1772 seine Tochter geboren wurde, was wohl das Herz des neuen Fürsten erwärmte, der ihn wieder einstellte. Nun, sechs Jahre nach dem Tod des Prinzenerziehers, erkennt Alois erst richtig, was Soliman für ihn getan hatte und wie sehr sein Tod in großen Teilen der Gesellschaft betrauert wurde. Denn noch zu Lebzeiten wurde der Afrikaner bei den Freimaurern aufgenommen, was sein Ansehen weiter steigerte. Diese Erinnerungen machen es dem Fürsten noch schmerzhafter, Soliman in diesem Zustand zu sehen: Es ist einfach falsch, einem Menschen so etwas anzutun. Präpariert und begafft, den Augen der Öffentlichkeit ausgesetzt. Es ist schrecklich. Doch einige Stimmen munkeln

auch, er, der Hausmohr der Fürsten von Liechtenstein, hätte es so gewünscht, bevor er starb.

»Beweisen kann dies wohl niemand. Doch, ob so
oder so: Alles Gute zum Geburtstag, Soliman, mein
alter Freund«, meint Alois leise und voller Weh-
mut, bevor er das Naturalienkabinett verlässt.

Susanne Quaderer

Heimkehr

»John F. Kennedy ist tot«, ertönt es aus dem Radio.

»Das kann nicht sein!«, ruft Mary entsetzt, und auch ihr Mann Oskar kann es kaum glauben.

Selbst jetzt noch – Jahre später – fallen Mary unzählige Details ein, wenn sie an diese Szene zurückdenkt. Auch nach ihrer Auswanderung beschäftigt sie ihr früheres Heimatland Amerika. Sie merkt, wie anstrengend es gewesen war, mit drei kleinen Jungen auszuwandern, und sie erinnert sich, dass ihr kleiner Sohn mit einem Modellflugzeug in der Hand in die Küche stürmte.

»Ich will hier weg«, sagt Oskar leise zu seiner Frau. »Ich vermisse meine Familie.«

»Wir sind deine Familie, Oskar! Und außerdem: Was willst du dort?«, erwidert Mary, noch immer geschockt von dem, was soeben im Radio gesagt wurde.

»Mary, ich bin hier nicht glücklich, ich war es nie. Bitte, lass uns weggehen ...«

»Ich verstehe das nicht. Du weißt, dass ich noch nie in Europa war und kein Deutsch spreche!« Marys Antwort klingt genervt und leicht erzürnt über die ewige Diskussion.

»Das ist kein Problem, das lernst du schnell. Und Europa, vor allem Liechtenstein, ist sehr schön. Es ist zwar nicht Amerika, aber die Natur und die Berge sind wunderschön«, besänftigt sie Oskar.

»Wir haben hier doch alles: ein Haus, Arbeit, ein Auto, ich weiß wirklich nicht, was du dort willst. Die Kinder sind hier geboren, sie kennen nichts anderes«, beendet Mary das Gespräch und verlässt die Küche mit dem Radio.

Oskar ist nicht zufrieden. Schon seit längerer Zeit versucht er Mary umzustimmen, doch es gelingt ihm nicht. Sie hat ihren eigenen Kopf, das weiß Oskar, doch er weiß auch, dass er hartnäckig bleiben muss, um sie zu überzeugen.

Einige Wochen später sind die beiden mit ihren vier Kindern im Umzugsstress, Mary hat sich umstimmen lassen. »Das Auto muss mit«, ertönt es aus der Garage, »es wird mich an meine Heimat erinnern.« Sie ist entschlossen, ihren Wagen mitzunehmen.

»Ich weiß nicht, Mary. Ob wir das Auto wohl mit aufs Schiff nehmen können? Wahrscheinlich ist es viel zu teures Frachtgut.«

Er betrachtet den blauen Ford nachdenklich; es ist einer der neuesten Serie, nicht billig, und außerdem hatten sie den Wagen erst vor Kurzem gekauft.

»Das Auto ist alles, was ich mit nach Liechtenstein nehmen will«, antwortet sie stur und Oskar seufzt. Die Reise würde mit einigen Unkosten verbunden sein, doch Mary wäre erleichtert: Sie weiß, dass die Menschen in Liechtenstein noch nicht so fortschrittlich sind wie hier und dass man dort von modernen Waschmaschinen oder sonstigen technischen Geräten, wie etwa einer Spülmaschine, nur träumen kann. Auch Oskar kommt zu dem Schluss, dass das Auto wichtig für sie wäre. Nicht etwa, weil die Liechtensteiner keine Automobile besäßen, sondern weil eine Überfahrt noch immer billiger käme, als in Europa einen neuen Wagen zu kaufen.

Jetzt sind es nur noch wenige Stunden bis zur Abreise, die Papiere für das Auto sind unterschrieben und gestempelt, die Koffer gepackt, das Haus geräumt. Das Schiff würde in ungefähr zwei Stunden ablegen. Sie müssen sich beeilen, denn Jimmy, ihr Ältester, wollte nicht ins Auto steigen. Er schrie, er wolle nicht über den Großen Teich, er wolle hier, bei seinen Freunden, bleiben. Mary trieb es die Tränen in die Augen. Auch sie kann sich nur schwer von Amerika trennen und sie weiß, sie würden nie mehr zurückkehren.

Endlich erreichen sie den Hafen, einen riesigen Anker- und Liegeplatz an der Ostküste, und das

Schiff, mit welchem sie fahren werden, ist sehr groß. Sie lenken ihr Auto auf die Laderampe, wo sie es parken, nehmen die Koffer in die Hände und wollen gerade an Deck steigen, als sie merken, dass Jimmy fehlt!

»Er stand doch eben noch hier!«, ruft Mary verzweifelt, und die Ahnung, dass es auf diesem Schiff schwer sein würde, ihn wiederzufinden, keimt in ihr. Vielleicht ist er gar nicht einmal mehr an Bord!

»Keine Ahnung, wohin er verschwunden ist«, schreit Oskar.

»Ich suche auf dem Deck nach ihm und du schaust, ob er sich vielleicht hier irgendwo zwischen den Autos versteckt.«

Beide machen sich auf die Suche nach Jimmy, beide gestresst, beide verzweifelt. Oskar rennt übers Deck, immer wieder nach Jimmy rufend, und meldet sich bei der Information, ob sie vielleicht den Namen seines Sohnes ausrufen könnten. Auch Mary sucht unentwegt bei den Autos nach ihm, sieht nach, ob die Ein- und Ausgänge zum Schiff noch geöffnet sind und die Fallreeps noch dort liegen. Nicht weit von ihrem Auto entfernt entdeckt sie eine noch offene Fluchttür.

Mittlerweile ertönt über die Lautsprecher die Durchsage, dass man in weniger als einer Viertelstunde ablegen werde. Oskar rennt immer noch auf dem Deck hin und her und Mary muss sich entscheiden ...

Ben, Jimmys fast zweijähriger Bruder, war mit Oskar an Deck gegangen, während John, Marys vier Jahre alter Sohn, bei ihr geblieben war. Energisch befiehlt sie ihm, bei dem blauen Ford zu warten, bis sein Papa wiederkommen würde. Dann eilt sie die Ausgangstreppe hinunter, hört hinter sich die Durchsagen, die die Passagiere an Bord bitten, hetzt weiter, immer Jimmys Namen rufend.

Plötzlich sieht sie einen kleinen Jungen inmitten der vielen Leute auf dem Kai stehen, in der Hand einen kleinen Koffer mit einem großen Wappen, das aussieht wie jenes von Liechtenstein.

Es ist Jimmy.

Mary rennt zu ihm hin, umarmt ihn und ist froh, ihn wiedergefunden zu haben.

Mehrere Tage dauert die Überfahrt, und in Hamburg gehen sie an Land. Mit dem Auto treten sie die Reise nach Liechtenstein an, wo sie ihr Leben von Grund auf ändern müssen, und in Hannover legen sie einen ersten Zwischenstopp ein.

Mary kann sich noch gut an die heruntergekommene Pension erinnern – und auch an den Kulturschock. Es war hier ganz anders als in Amerika, zwar nicht hinterwäldlerisch, aber auch nicht so

*fortgeschritten. Doch noch hatte sie die Hoffnung,
dass alles wieder besser werden würde und sie ein
ähnliches Leben wie in Amerika führen könnten.*

Sie fahren weiter, und Stunden später entdecken
sie am Horizont Bergketten, die mit Schnee überzogen sind. Es ist das erste Mal, dass Mary und die
Kinder so hohe Berge sehen. Fasziniert betrachten
sie die Natur, bis sie müder und müder werden.
Auf einmal hält der Wagen. Sie waren eingeschla-
fen, erwachen, reiben sich die Augen und steigen
aus dem Auto.

*Sie weiß noch genau, dass sie überall Berge sah,
teilweise felsig, teilweise grün. Vor ihr stand ein
altes Bauernhaus. Es bestand ganz aus Holz, sogar
das Dach. Die Wände waren mit speziellen Intarsien
verziert, aber das Holz war nicht mehr braun, sondern beinah schwarz. Grüne Wiesen, auf denen vereinzelt riesige Bäume standen, umgaben das Haus,
es war romantisch, aber alles andere als Amerika.*

Es dauert Wochen, bis sie sich eingelebt haben.
Wenn sie mit ihrem Auto die holprigen Straßen
entlangfahren, werden sie angeschaut, als ob sie
Fürst und Fürstin höchstpersönlich wären. Doch
das Leben ist um einige Annehmlichkeiten ärmer.
Sie besitzen tatsächlich keine Waschmaschine
mehr und auch keinen Geschirrspüler. Mary tut
sich schwer damit, die neue Sprache zu verstehen
und zu erlernen, besonders den liechtensteini-

schen Dialekt, denn die Leute sprechen hier nicht Hochdeutsch.

Bis heute ist sie in Liechtenstein geblieben. Ab und zu reist Mary in die Staaten, um ihre Verwandten zu besuchen, kommt mittlerweile aber immer wieder gern in ihre neue Heimat zurück. Nur an den kalten Winter und den Föhn, an die hat sie sich nie gewöhnen können ...

Niklas Nickolay

Rheinnot

Als ich frühmorgens aufwachte, hatte sich gegenüber dem Vortag nichts verändert. Es regnete immer noch in Strömen und es sah nicht so aus, als würde der Niederschlag in unmittelbarer Zukunft nachlassen. Die Wassertropfen prasselten ohrenbetäubend auf das Dach. Ich konnte draußen fast nichts erkennen; es war, als würde ich durch einen Schleier schauen. Es regnete schon seit fünf Tagen, und dies größtenteils ununterbrochen. Dieses miese Wetter beeinflusste meine Stimmung und die der ganzen Familie. Man konnte nichts unternehmen, nicht einmal in den benachbarten Schuppen gelangte man, ohne völlig durchnässt zu werden. Meine zwei kleinen Kinder wurden schon ungeduldig, da ihnen nach fünf Tagen im Haus langweilig war und sie nicht mehr wussten, womit sie sich beschäftigen konnten.

Als ich aus dem Fenster schaute, sah ich, sehr zu meiner Freude, dass sich vereinzelte Sonnenstrahlen durch die sonst so dichte und dunkle Wolkendecke kämpften. Allmählich wagten sich auch die Nachbarn aus dem Haus, obwohl der Boden durchweicht und matschig war. Als ich mich umschaute, bemerkte ich, dass der tagelang anhaltende Regen und vor allem die Sturmböen nicht spurlos und nicht ohne Schäden an den Behausungen vorbeigegangen waren. Es hatten sich Ziegel gelockert oder sie fielen ganz herunter, selbst die Dichtungen der Dachfenster erfüllten ihren Zweck nicht mehr. Die Wände waren natürlich auch sehr schmutzig, da der Niederschlag den Untergrund aufwühlte und somit viel Schlamm und Dreck aufspritzte, was sichtbare Spuren hinterließ. Die Situation war in ganz Ruggell gleich. Alle hatten ungefähr die gleichen Probleme. Deshalb fand man es angeraten, alle Bewohner zusammenzutrommeln und die weitere Vorgehensweise zu besprechen. Unterdessen hatte es, sehr zur Missgunst der Menschen, wieder zu regnen begonnen. Man beschloss, mit den Reparaturarbeiten zu beginnen, sobald der Regenschauer nachlassen sollte.

Es wurde Nachmittag und ich musste mir etwas einfallen lassen, wie ich die Kinder und meine Frau unterhalten konnte, da es mit dem Rausgehen wieder nichts wurde: Es regnete genauso stark wie an den vergangenen Tagen. Irgendwo lagen noch Jass-Karten herum, die ich sonst zum Stammtisch mitnahm, wo ich mit meinen Nachbarn regelmäßig jasste. Ich fand die Karten, und wir hatten alle einige unterhaltsame Stunden.

Am Abend des 25. Septembers wurden wir von Geschrei und anderem Lärm aufgeschreckt. Als ich aus dem Fenster schaute, sah ich, dass viele Menschen auf den Beinen waren. Der Grund dafür fand sich sogleich: Von Süden kam eine Flutwelle auf unser Dorf zu. Einige Bewohner rannten von Haus zu Haus, um alle zu warnen. Bald erreichte die Welle die ersten Häuser am Dorfrand. Wir hatten keine Ahnung, wieso solche Wassermassen auf uns zuflossen, und anfangs wusste keiner genau, was er nun tun oder wie er sein Hab und Gut schützen sollte. Jeder hatte gedacht, dass es bei dem Regen bleiben würde und bald das Schlimmste überstanden wäre, doch mit einer weiteren Dramatisierung der Situation hatte niemand gerechnet.

Nun nämlich erreichten die Fluten die ersten zentraler gelegenen Häuser und Bauten. Einige waren nicht sehr stabil gebaut und es grenzte an ein Wunder, dass sie den tagelangen Niederschlag fast unbeschadet überstanden hatten. Als das Wasser auf sie traf, leisteten sie keinerlei Widerstand und fielen zusammen wie Kartenhäuser. Nun erkannten auch die Letzten die lebensbedrohende Gefahr und versuchten, sich in Sicherheit zu bringen. Die meisten aus unserem Dorfviertel rannten so schnell sie konnten zur Kirche, da diese – im Vergleich zu den Schuppen und Ställen – höher stand und wahrscheinlich am stabilsten war. Es spielten sich dramatische Szenen ab. Eltern, die ihre Kinder aus den Augen verloren hatten und nun nicht mehr fanden; Menschen, die es nicht rechtzeitig in Sicherheit geschafft hatten; Familien, die zusehen mussten, wie ihr Haus weggeschwemmt wurde.

Meine Familie und ich blieben wie durch ein Wunder zusammen, niemand wurde verletzt. In der Kirche, in der sich viele aus unserer Nachbarschaft zusammenfanden, hörte man außer dem Wimmern und dem Weinen der kleinen Kinder nichts. Alle waren in einem Schockzustand, doch man tröstete sich und half einander, mit der Situation umzugehen.

Abgeschottet vom Rest der Welt, war keine fremde Hilfe zu erwarten. Meiner Familie ging es dabei noch verhältnismäßig gut, da unser Haus nur leicht von der Flutwelle getroffen worden war. Dennoch waren wir verbittert darüber, was für ein Chaos das Wasser angerichtet hatte: abgerissene Hausteile, Schlamm, herumtreibende Gegenstände, totes Vieh. Nach zwei Tagen beobachteten wir, wie sich das Wasser langsam zurückzog und man wieder aus der Kirche, die standgehalten hatte, treten konnte, ohne dass man gleich bis zu den Knien nass war. Auch die Sonne ließ sich blicken, die Menschen kamen langsam aus ihrer Notunterkunft heraus und begutachteten die entstandenen Schäden. Niemand konnte es fassen, dass ein paar

Stunden ausgereicht hatten, das Dorf zu verheeren.

Als wir zu unserem Haus zurückkehrten, erkannten wir, dass es – logischerweise – den untersten Stock am schlimmsten getroffen hatte: Überall sah man Dreck und Schlamm, die Küche war zerstört. Vor allem die Kinder fanden es schlimm, dass unser Haus verwüstet worden war. Andere Familien jedoch hatte ein weitaus übleres Schicksal ereilt: Sie standen auf einem Grundstück, auf dem sich überhaupt kein Gebäude mehr befand. Ich half den anderen, so gut es ging. Aufgrund der Katastrophe beschloss man abermals, ein Treffen aller Dorfmitglieder zu organisieren. Man besprach die weitere Vorgehensweise und traf Entscheidungen, wie es nun weitergehen sollte. Es war klar, dass es viel Arbeit, Schweiß und Geduld brauchen würde, alles wieder aufzubauen. Um nicht allzu viel Zeit zu verlieren, begann man sogleich mit den Aufräumarbeiten. Es dauerte Monate, bis alles ein bisschen geordneter aussah und man sich wieder halbwegs normal bewegen konnte. Nachdem unser Haus wieder auf Vordermann gebracht worden war, half unsere gesamte Familie anderen beim Wiederaufbau.

An den Abenden war man aufgrund der harten Arbeit immer sehr erschöpft, doch es waren alle froh, dass sie Unterstützung erhielten. Nach und nach verbesserte sich die Situation im Dorf. Auch das Wetter präsentierte sich – als wäre nichts gewesen – sehr freundlich und warm. In der Zwischenzeit wusste man auch, warum auf einmal solch eine Flutwelle herangebraust gekommen war: Bei Schaan und später auch bei der Gampriner Mühle hatten die Dämme dem tosenden Wasser nicht mehr standgehalten und waren gebrochen. Wir erholten uns langsam von dem Schock und konnten uns bald wieder halbwegs in unseren Alltag finden. Und auch die verwüsteten Straßen wurden repariert. Auch unser Haus sah fast wie vorher aus. Die ausgezeichnete Zusammenarbeit und der rasche Wiederaufbau wurden mit einem Dorffest gefeiert – alle waren eingeladen. Man amüsierte sich und war froh, dass alles wieder so war wie früher. Manchmal jedoch, wenn wir in der Nähe des Rheins sind, schweifen unsere Augen ganz unwillkürlich den Damm entlang, um zu schauen, ob er wirklich den Fluss zu bändigen vermag ...

Christian Marxer

Der Mann, der Charlie Chaplin den Schnauzbart klaute

Wie jeden Tag in der Woche klingelte der Wecker von Franz um exakt 6 Uhr. Er war der Erste, der so früh aufstand. Nach seinem Butterbrot mit Honig ging er wie gewohnt in den Wald, um einen Spaziergang zu machen. Nachdem er die übliche Strecke hinter sich gebracht hatte und wieder daheim ankam, begab er sich ins Bad und nahm eine Dusche.

Eigentlich begann dieser 1. März 1939 für ihn wie jeder andere Tag. Doch etwas war anders: Franz war nervös. Er stand vor einer wichtigen Reise, auf der er eine berühmte Person treffen sollte, eine Person, über die man bis jetzt nur Geschichten gehört hatte, die auf einen autoritären und starken Helden schließen ließen. Wenn man den Leuten Glauben schenken konnte, so war er »ein brillanter Redner«, »eine Machtperson« und »ein Held«. Franz jedoch hörte im Allgemeinen nicht auf solche Gerüchte. Nie wollte er die Meinungen anderer nachplappern, bevor er sich nicht selbst ein Bild von der Sache gemacht hatte.

In seinem neuen Amt, das er erst seit wenigen Monaten inne hatte, waren solche Besuche nicht unüblich und darum beschloss er auch, ein Treffen mit dem berühmten Redner zu vereinbaren. Da Franz selber nicht gerade der beste Redner oder der offenste Mensch war, bemühte er sich darum, dass ihn jemand begleitete: Josef, ein alter Bekannter, sollte zu seiner Unterstützung mit auf die Reise kommen. Diesem blieb nichts anderes übrig, als zuzusagen, dies auch deshalb, weil er – wie schon gesagt – ein Freund von Franz war und selbst auch Interesse an dem »großen Mann« zeigte.

Das eigentliche Treffen war erst auf den 2. März angesagt, weshalb den beiden noch ausreichend Zeit für die Vorbereitung blieb. So fanden sie sich um 10 Uhr vormittags im Wirtshaus Adler ein, wo sie sich bei einer letzten Besprechung noch mit Brötchen und Getränken eindeckten. Das neue und moderne Fortbewegungsmittel dieser Zeit war das Flugzeug; mit ihm wollten sie die Reise antreten, obwohl die Kosten nicht unerheblich waren. Zuerst ging es mit dem Auto nach Zürich, von wo sie per Flugzeug in Richtung Norden starteten. Lautes Dröhnen kam von den Motoren, und bevor die zwei Männer realisierten, was eigentlich geschah, hob die Maschine vom Boden ab. Voller Begeisterung schauten sie aus dem Fenster und betrachteten die immer kleiner werdenden Häuser unter ihnen. Beide waren sehr gespannt auf das morgige Treffen, doch bereits das Abenteuer mit dem Flugzeug machte die Reise zu etwas Besonderem. Weder Franz noch Josef wussten genau, wen sie eigentlich treffen würden, jedoch hatten beide in etwa dieselben Vorstellungen: Ein autoritärer, wohlhabender und bedeutungsvoller Mann sollte sie erwarten, eine richtige Respektsperson.

Nach wenigen Stunden im Flugzeug und mit Kopfschmerzen von den rasselnden Motoren setzten sie zur Landung an. Aus den Fenstern konnte man die riesige und berühmte Stadt betrachten, von der man so viel hörte: Prächtige Boulevards, hohe Häuser, imposante Menschen – einfach alles gab es hier in Berlin, und zwar um ein Vielfaches größer als in Liechtenstein.

Bei ihrer Ankunft war es bereits Abend, und sie wurden von einer Limousine abgeholt und in ihr Hotel gebracht, ein Gebäude von enormen Ausmaßen, das von allen Seiten beleuchtet wurde. Hier würden sie also schlafen. Franz war es gewohnt, in prachtvollen Häusern geladen zu sein, Josef jedoch hatte heute eine Premiere. In der Empfangshalle hing ein riesiger Kronleuchter, der glitzerte und glänzte. Mit einem Lift wurden sie bis in den obersten Stock transportiert, wo sie von einem netten Herrn zu ihrer Unterkunft geleitet wurden, die sich als ebenso glanzvoll erwies wie die Eingangshalle. Als Josef zudem erfuhr, dass es sich bei ihrem Zimmer um das größte des ganzen Hotels handelte, verstärkte dies seine Aufregung vor dem morgigen Tag noch mehr. Die Anreise war anstrengend gewesen und nun freuten sie sich darauf, ein paar Stunden zu schlafen, um ausgeruht ihren Besuch anzutreten.

Franz und Josef erwachten sehr früh. Ihnen wurde das Frühstück natürlich ins Zimmer geliefert, da ja auch sie in gewisser Weise wichtige Persönlichkeiten waren. Weißwürste mit Brezen und süßem Senf, Spiegeleier mit Speck, Croissants und frischer Orangensaft: So ein ergiebiges Frühstück hätte man gerne jeden Morgen!

Gestärkt machten sie sich fertig und fanden sich in der Hotelhalle ein. Dort wurden sie bereits von mehreren Personen erwartet und begrüßt. Man teilte ihnen mit, der Gastgeber werde in wenigen Minuten ankommen. Beide Liechtensteiner konnten es kaum erwarten, den Mann zu sehen, über den so viel gesprochen wurde. Die Minuten vergingen wie Stunden. Endlich war es soweit: Fünf schwarze Autos fuhren vor. In vier der fünf Wagen saßen Mitglieder der Leibstandarte und im mittleren Auto war *er.* Zuerst verließ der Fahrer den

Wagen, um die Tür zu öffnen, und dann war es soweit: Er stieg aus. Er höchstpersönlich.

Franz musste unwillkürlich grinsen. Das da vor ihm entpuppte sich als ein kleines und unsicheres Männchen, und nach ihm stieg keiner mehr aus. Wer war das denn? Die körperliche Größe eines Menschen sollte eigentlich nichts über seine Rolle in der Welt aussagen, aber irgendwie war dies alles ein wenig irritierend, zumal Franz ein Mann von hoher Statur war. Wie ein kleiner Bub stolzierte ihr Gastgeber in die Hotelhalle, an allen anderen vorbei und direkt auf Franz und Josef zu. Er streckte seine rechte Hand aus – die Linke blieb hinter dem Rücken –, begrüßte erst einmal Franz, erkundigte sich nach dem Verlauf der Reise und der Übernachtung und lächelte. Als er sich an Josef wandte, musste sich Franz erneut das Grinsen verkneifen. Immer noch nicht hatte er realisiert, dass der Mann, den sie beide für so prunkvoll gehalten hatten, in Wirklichkeit ein unscheinbar auftretendes Männlein war.

Nach der bizarren Begrüßung wurden sie gebeten, ihm in ein Konferenzzimmer zu folgen. Wieder ein riesiger Raum mit einem immens großen Tisch in der Mitte. Sie setzten sich hin. Getränke und kleine Häppchen standen bereit. Die ganze Aufregung, die von den beiden Besitz ergriffen hatte, war vollkommen verflogen. Lange Zeit herrschte Stille. Niemand wusste, wo oder wie er beginnen sollte, und endlich brachen die Besucher das peinliche Schweigen, indem sie über wirtschaftliche Themen zu reden begannen. Danach legte sich wieder Schweigen über die Gruppe. Kurz sprach Josef die neuen Autobahnen an und machte viele Komplimente, was wieder für wenige Minuten Gesprächsstoff sorgte. Franz musste unentwegt mit dem Lachen kämpfen, wenn er zu seinem Kollegen hinüberblickte. Der ganze Gesprächsverlauf widersprach vollkommen ihren Erwartungen.

Die Zeit zog sich dahin wie zäher Sirup, während die Gespräche immer wieder durch peinliches Schweigen unterbrochen wurden. Aber auf irgendeine Art, so dachte Franz, war die Unterhaltung recht amüsant. Zum Schluss redeten sie noch über die politischen Verhältnisse im In- und Ausland und auch dieses Thema war schnell abgehakt.

Letzten Endes verabschiedeten sie sich von dem kleinen Mann und verließen das Konferenzzimmer. Sie gingen den Gang hinunter in die Eingangshalle und dann wieder in den Lift und ins Zimmer. Die Liechtensteiner schauten sich gegenseitig an und beide fingen an zu lachen. Wer hätte das gedacht, dass dieser Held der Nation ein scheuer Mann mittleren Alters war? Aber immerhin war das Gespräch gut verlaufen und sie hatten keinen schlechten Eindruck hinterlassen.

Am nächsten Morgen gab es wieder dieses herrliche Frühstück und sie traten gestärkt die Heimreise an. Mit einer Limousine ging es zum Flughafen. Ein letztes Mal Händeschütteln und Lächeln und dann konnten sie sich in Ruhe in die Maschine setzen, welche sie wieder in Richtung geliebtes Ländle brachte.

Zu Hause wurden sie von allen sehnlichst erwartet. Es gab einen Empfang, an dem sie gutes Essen vorgesetzt bekamen und über die Ereignisse berichten sollten. Voller Stolz erzählten sie, dass sie den Mann getroffen hatten, von dem man jeden Tag in den Medien hörte. Niemand ihrer Bekannten und Arbeitskollegen glaubte ihnen, dass er wirklich so scheu war. Der Abend zog sich dahin, und erst um Mitternacht kam Franz nach Hause. Er war wirklich froh, alles hinter sich zu wissen, denn die letzten Tage hatten viel Aufregung und Anstrengung mit sich gebracht.

Jahre später – im Kino lief wieder einmal in einer Retrospektive ›Der große Diktator‹ – lag Franz, ja, genau: Franz, Franz Josef II., der Fürst des Landes, neben seiner Gattin Gina im Bett und berichtete ihr von dem denkwürdigen Treffen mit Adolf Hitler. Sie schüttelte den Kopf und meinte: »Seltsam, wirklich seltsam. Und das soll der von allen ge-

fürchtete Mann gewesen sein, über den sich Char-
lie Chaplin so bitterlich beklagte, er habe ihm den
Schnauzbart geklaut?«

Sophia Jehle & Samuel Schurte

Warum die Balzner so langsam sind

Einst waren die Balzner landauf, landab für ihre Schnelligkeit bekannt. Sie gewannen jeden Wettkampf, in dem es um Geschwindigkeit ging. Da die Balzner aber auch sehr hochnäsig waren und ihre Siege den anderen stets unter die Nase rieben, waren sie nach einer gewissen Zeit überall unbeliebt.

Ganz Liechtenstein hatte gerade erst wieder einmal einen Laufwettbewerb veranstaltet, bei dem natürlich – wie nicht anders erwartet – ein Balzner gewann. Peter Nipp, der Gewinner, konnte es nicht unterlassen, am Abend in der Kneipe in Triesen unvorstellbar laut mit seinem Sieg zu prahlen. Dies hörte jedoch zu seinem Pech eine alte Triesnerin, welcher man bereits seit Langem die Hexenkunde nachsagte, und diese Gerüchte sollten sich an diesem Abend endlich bewahrheiten.

Außer sich vor Wut über den hochnäsigen Balzner, nahm sie ihn beiseite, belegte ihn mit einem Fluch der Langsamkeit und schickte ihn anschließend wieder nach Balzers zurück.

Als Peter nach einem vollen Tagesmarsch endlich in seinem Heimatdorf angekommen war, begrüßte er jeden Balzner, dem er begegnete, mit einem sehr langsamen: »Hooooi.«

Jeder, der nun dieses Wort vernahm, wurde mit einer unglaublichen Saumseligkeit angesteckt. Der Fluch verbreitete sich im ganzen Dorf, und alle Balzner wurden fortan von allen verspottet.

Viele taten Reue und wurden geheilt. Aber selbst heute noch kann man vereinzelt von einigen Balznern die im Schneckentempo gesprochenen Worte vernehmen: »Hooooi metanaaaaaaand!«